零崎人識の人間関係　匂宮出夢との関係

西尾維新

KODANSHA NOVELS
講談社ノベルス

零崎《ゼロザキ》人識《ヒトシキ》の人間関係

匂宮出夢との関係

Illustration take
Cover Design Veia
Book Design Hiroto Kumagai／Noriyuki Kamatsu

登場人物紹介

零崎人識（ぜろざき・ひとしき）――殺人鬼。
匂宮出夢（におうのみや・いずむ）――殺し屋。

西条玉藻（さいじょう・たまも）――狂戦士。
萩原子荻（はぎはら・しおぎ）――策師。
市井遊馬（しせい・ゆま）――ジグザグ。

直木飛縁魔（なおき・ひえんま）――直木三銃士。
直木泥田坊（なおき・どろたぼう）――直木三銃士。
直木煙々羅（なおき・えんえんら）――直木三銃士。

玖渚直（くなぎさ・なお）――標的。

「この言葉の意味はお判りのことと思います」レーンはつづけた。「わたしには理解力と素養があります。洞察力と観察眼を具え、注意を集中させることができ、推理と探偵の能力に自信を持っているのです」

そこでブルーノが咳ばらいをすると、しばらく読唇をなおざりにしていたレーンの視線が、ふたたび彼の口もとに釘付けになった。「しかし、レーンさん、あいにくとこんどの事件は簡単なもので、ご期待に添わないかもしれません。実際、殺人であるにしても、いたって平凡な事件で……」

「わたしの言葉が足りなかったようですな」老俳優の声にはユーモアがにじんでいた。「いたって平凡な事件といわれましたが、しかし、ブルーノさん、わたしの興味をひくには、奇抜でなければならぬというわけではないのですよ」

「平凡か奇抜かはともかくとして」と、サム警視が口を挟んだ。「難事件であるのに変りはないんです。だからブルーノさんは、あなたが興味を持たれるはずだと考えた。で、あの事件についての新聞記事をお読みですか?」

(THE TRAGEDY OF X by Ellery Queen/宇野利泰・訳)

第零章

「まえおき」

◆　　◆

そこは病院である。

病院とは言っても、健康保険証は当然のように通じない、正規の医師免許を所有する者はひとりも勤務していない、そういう秘密裏の病院だ――雰囲気はあくまでも一般の治療施設と何ら変わるところはないが、そういう視点で見れば、やや薄暗い――後ろ暗いところのある建物だった。

その一室で。

石丸小唄《いしまるこうた》は、その名の通り、歌うように言った。

「『幸福な家庭はどれも似たようなものだが、不幸な家庭はそれぞれに不幸である』――という言葉が、トルストイの小説の冒頭部分にあるのをご存知ですか？　お友達《ディアフレンド》」

「あ？」

話しかけられた女――哀川潤《あいかわじゅん》は、唐突《とうとつ》にわけのわからないことを言い出した石丸小唄に、首を傾《かし》げた。

石丸小唄は白い壁にもたれかかっていて。

哀川潤はベッドの脇のパイプ椅子に腰掛けている。

「何だって？」

「ですからトルストイですわ、お友達《ディアフレンド》――ご存知ありませんか？」

石丸小唄の口調は慇懃《いんぎん》であって無礼だった。実際、まだその名をそこまで広くは馳《は》せていないこの時期にあっても、最強・哀川潤のそばにいながらにしてこうもふてぶてしい態度を取り続けられる者は彼女くらいのものである。

勿論《もちろん》哀川潤のほうは、そんな石丸小唄の態度を気にする風もなく、

「いや、勿論それくらいは知ってるけどよ――」

と言った。

「――それがどうした？」

「いえいえ、別にどうということはないのです。た

だ、大家の文言《もんごん》にケチをつけるつもりはありませんが――この言葉、むしろ逆なのではないかと、わたくしはそう思うのですわ、お友達《ディアフレンド》」

「逆？」

「ええ。つまり、幸せとは非常に多岐にして多義に亘《わた》る概念ですが――不幸せとは、どれもこれも似たり寄ったりのものである――と」

わたくしはそう思います、と。

石丸小唄は、その病室のベッドの上で眠っている少女を見ながら――そう言った。

ベッドの上の少女。

白い患者衣を着た少女。

生気をまるで感じさせない、まるで死んでいるかのような少女――ベッドのプレートには『紫木一姫《ゆかりきいちひめ》』という文字が記されているが、それが彼女の名前だろうか。

怪我をしたとか、病んでいるとか、そんな生半可《なまはんか》ではない経験をした末に、人間としてのありよう、人間としてのありかたを、根こそぎ削り取ったあとに残った遺留品――そんな風に思わせるほど、その少女には存在感が希薄だった。

事実、哀川潤はともかく、石丸小唄は、その視界に少女を入れながら――まるで少女がいないかのように語るのである。

「たとえば、幸せはお金では買えないと言うではありませんか、お友達《ディアフレンド》――それはある意味において正しいと、わたくしは思うのです。何故なら、お金、つまるところの金銭とは、それがそのもので既に幸せであって、だから他の幸せと置換できるはずがないのですから」

「金が幸せ？　てめーらしい意見だな、小唄」

哀川潤は笑う。シニカルに。

「お金に限りません」

それに対し、石丸小唄は肩を竦《すく》めた。

「幸せとは、本人が幸せだと思えば、それで幸せ――富、名声、何でも構いません。要するには人生における充足ですわ。ならば充足の理由は何でもいい――しかし、不幸とは、大抵の場合において、通底しています」

「通底？　何がだよ」

「人間関係」

哀川潤の合いの手に、端的に答えた石丸小唄。

慇懃無礼な口調を変えようともしないまま。

「人間関係が満たされていない人間は、自分のことを不幸だと思うケースが多い――ということですわ」

「そりゃおかしくねーか？　たとえ人間関係をロクに築けなくても、金を持ってりゃ幸せって奴はいるだろう」

「それは幸せ側からの意見ですわ。逆なのです、逆――お金を持っていない不幸なんてものは、所詮《しょせん》、人間関係が満たされてしまえば埋め合わされてしまうということです。これは、反対からは利《き》きません――お金を持っている幸せが、人間関係が満たされないという不幸を帳消しにすることはないのです。ねえ、お友達《ディアフレンド》。わたくしやあなたは、いわゆる一般人からは大きく逸脱した立場にありますが、しかしその点においては一般人と何ら変わりませんわ。幸せは数多《あまた》にあろうとも、取り消せない不幸せは周囲との軋轢《あつれき》に起因するものばかりなのです」

「ふうん。それで？」

別に石丸小唄の言葉に納得した風でもないが、しかし哀川潤はポニーテイルの先を揺らしながら、石丸小唄に問いかけた。

「てめーは一体、何が言いたいんだ？」

「わたくしの意見に興味がありますか？」

「勘違いするな。だらだらぐだぐだぺちゃくちゃ喋ってるのが鬱陶《うっとう》しいから、さっさと結論を言って黙れっつってんだよ」

「勘違いするな、ですか――」

石丸小唄は哀川潤の言葉を、わざとらしく繰り返す。

「最近はツンデレとか言って、割ともてはやされている言葉ですけれど、しかしお友達《ディアフレンド》、どうなのでしょう。その言葉、実際に言われたら結構傷つきますよね」

「てめえが傷ついているとは見えねえな」

「ええ、お友達《ディアフレンド》。勿論、わたくしはあなたごときには傷つけられませんわ——あなたは確かに並び立つ者がいないほどにお強いですが、それはあくまでも強いだけで、ちっとも役に立たないのだということをお忘れなく」

ずけずけとものを言う石丸小唄を、哀川潤はむしろ表情を緩《ゆる》めて受けて——本当に、哀川潤に相対してここまで臆せずものを言える者など、石丸小唄くらいのものだろう——、

「で、小唄、てめーは何が言いたいんだよ」

と、訊《き》き直した。

「いえ、ですからね——あなたがアメリカ合衆国から連れて帰ってきたというその子も、散々不幸な目にあったようですが——しかしそれゆえに、まずは友達を作るところから始めさせるのがいいのではないかと、そう思うのですわ。人間関係を充足させてあげれば、幸せにはなれなくとも不幸せではなくなります。どうでしょう、回復次第——澄百合《すみゆり》学園あたりに入学させるというのは？」

「……遊馬《ゆま》に投げるってことか」

哀川潤は。

石丸小唄からの提案に、僅《わず》かに難色を示す。

「まあ、遊馬も最近やる気出してるみたいだし、任せて安心だとは思うけどな——あたしもいつまでもこうしてるわけにゃいかねーし」

「十全《じゅうぜん》ですわ。では、決まりですね」

石丸小唄は頷《うなず》いた。

実際のところ、彼女はベッドで眠る少女にそれほどの関心を持っていない——ただ、哀川潤がこの少女に縛られて、長らくこの病院で燻《くすぶ》っているのが我慢ならなくての、提案である。

石丸小唄は知っているのだ。

目前の少女が、哀川潤が心を配らなくてはならな

いほどにか弱くない、哀川潤が心を砕かなくてはならないほどにか細くない、どころか相当にしたたかな人間であることを——大した根拠もなく、しかし同属として、知っているのである。

「けどなあ、あたしは」

そんな小唄の思惑《おもわく》を知ってか知らずか、哀川潤は、あくまでもあまり乗り気ではないという風に、緩慢《かんまん》な口調で、少女を眺めながら——

「この娘に必要なのは、友達じゃなくて家族だと思うんだよな」

と、言った。

「同じことですわ」

小唄は、つれなく言う。

事実、それは彼女にとっては同じことだった。

同じことでしかなかった。

哀川潤も、あえて話を広げようとはせず、

「ああ。家族って言えば、零崎《ぜろざき》一賊か——じゃあ、あいつらなんてのは、絶対に不幸にはならないのかな?」

と。

そんなことを呟《つぶや》いた。

◆　◆

——そんなふたりの会話とはまるで無縁のところで、今回の物語は進行する。しかし、それがどんな物語なのかと言えば、石丸小唄が言うところの不幸せについての物語、つまりは人間関係についての物語なのだ。だが、そんな表現をすれば、ともすれば、その病院のように薄暗く、後ろ暗い物語を想起されてしまいかねないから、その辺《あた》りの事情を装飾するために、たとえそれが虚飾であろうとも、それでもあえて、前向きな表現をしよう。

そう。

これは、ひょっとしたら実ったかもしれない、小さな恋の物語だ。

第一章

「仕事と私、どっちが大事?」

「遊び」

◆　◆

表向きはお嬢様学校という名目で実際のところは屈強な傭兵《ようへい》を養成している特殊教育機関、澄百合学園。中等部一年生にしてその澄百合学園総代表を務める萩原子荻《はぎはらしおぎ》は、武力をほとんど有しはしないものの、事実、こと精神力という面において他の追随を許さないほどに抜きん出ていて、だからこそ例外的に、養成期間にありながら策師《さくし》という立場を与えられている——しかしだからと言って、彼女は決して恐怖の感情を知らないわけではない。彼女のメンタルの強さは、むしろ恐怖を熟知するがゆえのものなのだ。

最近、熟知されたその感情は、主に自分につきまとうストーカー的変態殺人鬼、即《すなわ》ち零崎双識《そうしき》に対して向いていていて、いやもうそれは本当誰かなんとかしてくれないかしらどうしてこんなことになっちゃったんだろう本当誰かなんとかしてくれないかしらと、彼女らしくもなく遂に神頼みまで始めてしまっているが、その記憶はとりあえずざっくりと除いて、たとえば恐怖について思考してみたとき——子荻がまず思い出すのは、西条玉藻《さいじょうたまも》のことである。

中等部どころか、なんと初等部にして実戦部隊。例外と言うなら玉藻は子荻以上の例外だ。

いや——最早《もはや》、特例と言うべきかもしれない。

初等部の寮ではとてもではないが扱い切れず、今や中等部の寮で寝起きしている西条玉藻。いや、本来ならば中等部の寮でさえ、まるで扱い切れる生徒ではない——策師の子荻が同室になって、子荻が直属に管理して、それでようやく、西条玉藻は通常生活を送れるのだった。

ちらり、と。

後ろを振り向き、二段ベッドの上の段を見上げて、子荻はため息をつく。玉藻はそこですやすやと眠っているはずだ——もっとも彼女の場合、寝ていようが起きていようが、同じようなものだが。

「…………」

視線をやったまま、子荻は回想する。

と言っても、そこまで昔の話ではない――ほんの数年前の話だ。

それは、策師・萩原子荻の初任務だった。

そういう意味でも思い出深い。

澄百合学園の後ろ盾とも関係ある、とある大企業の会長令嬢が海外の武装組織に拉致《らち》されるという事件が起きた――その事件の解決、つまり会長令嬢の救出、及び武装組織の殲滅《せんめつ》が、子荻の策師としての初めての仕事だった。

当時は子荻も初等部の生徒である。

現在のように数々の武功を挙げていたわけでもない、だから本来、救出部隊の指揮を執れるような立場ではなかった。誰にだって初めの一歩はあるが、その一歩にしては重過ぎる任務だと、それは当時の子荻でさえ、そう思った。勿論、与えられたその任務を忠実にこなすだけの自信は既にあったが、そこまでの実力を周囲にはまだ披露してはいなかったので、どうして自分にその任務が与えられたのかは疑問だった。

「いいのよ――あなたは言われたことだけやっていればいいの」

当時から澄百合学園の幹部だった檻神《おりがみ》ノアはそう言って特に説明しようともしなかったが、聡明な子荻は、任務を順調に遂行《すいこう》していくうちに、ことと次第をおおむねのところ、把握できた。

つまり――拉致された令嬢の両親、あるいはその周囲の人間は、究極的に、その令嬢の救出を望んではいないのだ。娘が拉致された以上、何のリアクションも取らないわけにはいかない――だが、表沙汰にはしたくないし、大ごとにもしたくない。

事態はあくまで地中、あるいは水面下で進め――できれば任務に失敗して欲しいのだ。いや、それは言い過ぎにしても――これは、失敗しても構わない任務なのである。

要はポーズ。

そういうことだった。

令嬢の誘拐から子荻のところに任務が届くまでに一週間以上の時間が経過していたことが、子荻のその推測を裏付けていた。

結局、檻神ノアも、それならば——と、萩原子荻の力試しの場として、その件を処理しようと企んだのだろう。

数々の思惑がうんざりするほど渦巻く気持ち悪さに、さすがにその頃の子荻はまだ慣れていなかったが——しかしそれはそれでと、割り切った。

大企業会長の令嬢。

大物的存在の子女が、何らかの問題を抱えているのはよくあることだ——私がそうであるように。あるいは、血の繋がった娘ではないとか、そうでなくとも財産の分配的に厄介な立場にある娘であるとか、そういう理由があるのかもしれない。ならば武装組織に誘拐を依頼したのが、そもそも彼女の身内であるという可能性さえある。

可哀想に。

と、自分より二つ年下だというその令嬢に心から同情すると同時に、子荻はどこか冷《さ》めた気持ちにもなった。

どの道、既に一週間以上が経過している。

形ばかりの身代金の要求があったものの——しかし諸々《もろもろ》整理して考えてみたところ、その令嬢が生存している確率は極めて低いだろう。

子荻が任務を受けた段階で、既にその任務の半分は破綻しているようなものだった。

しかし——やはり、割り切るしかない。

せめて、残りの半分。

武装組織の殲滅だけは成し遂げよう——失敗しても構わない任務だからといって、それでモチベーションを失うわけにはいかない——と、子荻は乗り出したのだった。

しかし、救出部隊を率い、武装組織のアジトを突き止め、突入したところで——彼女は恐怖した。

恐怖。

初めての実戦に恐怖——したのではない。

それは確実に断言できる。

何故なら、正確に言えば、実戦は生じさえしなかったのだから。

その武装組織は——

既に壊滅していたのだ。

総勢二十人を数える、明らかに軍隊経験を有する大の男達が、一人残らず、一片残らず、無残に殺されていた。

当然、最初は仲間割れを疑った。

しかし、ただひとり——その場所で唯一生きていた、血まみれの少女を発見したところで、子荻は解答を得た。

写真であらかじめ知っていた、会長令嬢である。

血まみれの彼女は怪我をしているわけではなく。

傷ひとつ負ってなく。

すべて返り血で。

しかも、その血は既に乾き切っていた。

「……はれえ？」

そんな風に言って。

しゃがみ込んでいた彼女は、ゆらぁり、と立ち上がる。

この少女が、一人で、武装組織を壊滅させた。

拉致された立場でありながら。

拉致した側を、一人残らず皆殺しにした。

しかし、その解答を、子荻が呑み込むのにはわずかに時間を要した——正解だとわかっていても、どうしても、理解することができなかった。

どうしても、恐怖してしまっていたのだ。

その恐怖から解放されるまで、およそ一秒。

ほんの一秒。

たった一秒。

わずか一秒。

しかしその一秒は、取り戻しようもない、膨大なる一秒だった。

「ゆらぁり」

今度は口に出してそう言って。

子荻達、救出部隊に対し――令嬢は飛び掛ってきた。

両手に――恐らくは元々武装組織の人間の所有物だったのだろう――サバイバルナイフを握っていて、そこから先はあっという間だった。

一秒ならぬ一瞬だった。

血まみれの令嬢は。

あっという間に、子荻が率いてきた救出部隊の人間を――ばらばらに解体してしまった。

ずたずたに。

解体してしまった。

痛感する。

割り切ってはいたはずだが、どこかで、自分の娘が誘拐されたにもかかわらず救出に消極的だった、企業の会長を責める気持ちが子荻の中にはあった――しかし、その会長の気持ちを痛感する。

彼が正当であることを痛感する。

この少女は――常軌を逸している。

いや、さすがに、元々ここまでの逸脱を示していたわけではないだろう――ならば最初から拉致などされないはずだ。これは恐らくは、武装組織の殺気に反応し、少女が生来保持していた才能が開花したということなのだ。

花開いた。

そして――全滅した。

武装組織同様、救出部隊も全滅した。

子荻を残して――全滅した。

本来なら、子荻もまた、ばらばらのずたずたに解体されてしまっていただろう――そうされなかったのは、別に、子荻には少女に対する殺気がなかったから、というわけでもない。

単純に、一週間以上飲まず食わずだった令嬢が、暴れた挙句に力尽きて倒れてしまったというだけの話だ。

運がよかったとも言えない。

ともあれ——策師・萩原子荻の最初の任務は、策も策戦も、へったくれもあったものではない苦い形ではあるが、半分も、残りの半分も、見事に達成されたのである。

しかし、そんな才能に目覚めてしまった令嬢が、まさか家族の下《もと》に帰れるはずもなく——彼女の身柄は、澄百合学園が引き取ることになった。

澄百合学園には、行き場のない少女達の受け入れの場としての機能もあるのだ。

令嬢はそれまでの名と経歴を捨てさせられ。

西条玉藻という記号を、与えられた。

その名前自体には、取り立てて意味がない——子荻が適当に名付けたものだ。

澄百合学園の生徒として。

新たな人生を歩むために、少女に与えた名——しかし。

あれから数年。

例外であるにしても特例であるにしても、西条玉藻は澄百合学園の中でさえ浮いているとしか言いようがなかった。初等部の寮を追い出されたこともそうだし、子荻でさえ制御できない彼女の振る舞いは、澄百合学園の上層部からかなり厳しく睨《にら》まれている。

猛獣さえ連想させるほどの玉藻の狂戦士ぶりがなければ、とっくに処分されていてもおかしくないだろう。

特に最近の玉藻の行動は、あまりにも暴走気味だ。いやそれは、子荻がこれまでとは比べ物にならないほどに重要かつ重大な任務を担当し、そんな中で零崎双識の相手をする羽目に陥っているから、玉藻に構ってばかりもいられないからということもあるのだが——

「……それに、どうも玉藻は人識《ひとしき》くんに随分と執心《しゅうしん》のようだしね……代わって欲しいわ、どちらかと言えば」

　あーあ。

　あの変態、魔法か何かでこの世から消えていなくなってくれないかなあ、と、悩ましげに子荻は呟く。

　色々と謎の多い零崎一賊の情報を引き出したいと思って現在の状態をかろうじて維持しているが、彼は肝心なところではぐらかす。ぺらぺらと余計なことばかりに饒舌《じょうぜつ》で、しかし肝心の話になれば、一賊の人数からして教えてくれない。私の家族は百八識までいるなどと、わけのわからないことを言い出す始末だ。

「……そろそろ次の仕掛けどきかな。玉藻に何らかの成果を挙げさせないことには、体面も保てないし……問題は匂《におうのみや》宮雑技団をこの盤面にどう絡めるかってことよね。棚上げにしっぱなしだったけれど、うまくすれば——、ねえ玉藻？」

　そこで玉藻に声を掛けたことに、理由はない。妙な気配を感じたから——というわけでもない。むしろ、気配は一切《いっさい》感じなかった。強《し》いて言うなら勘、あるいは直感だった。

「……玉藻？」

　なんとなく。

　椅子を立って、ベッドに近付いて行き、梯子《はしご》を昇る——そして掛け布団を剝《は》いだ。

　布団の中には誰もいなかった。

「し——しまった！」

　萩原子荻はらしくもなく青褪《あおざ》めて——

　そう叫んだ。

　狂戦士、西条玉藻。

　学園脱走である。

◆　　◆

　中国の昔の学者だか誰だかが、確かこんなことを言ったらしい。

私は夢を見た。夢の中で私は蝶で、花から花へと飛び回っていた。とても優雅な気分だった。そしてふと目を覚ます。なんだ、夢だったのかと、私は思う——しかし、そこで更に思う。ひょっとしたら先ほどまでの、蝶であった私こそが真実の私で、人間である私こそ、蝶の私が見ている夢なのではないだろうか。夢が現実なのか、現実が夢なのか。私にはそれがわからなかった——

この逸話を古典の授業で習ったとき、零崎人識は思わず叫んだ。

「中学生かよ!」

もっとも、そう叫んだ際の人識もまたまごうことなき中学生であり、それはそれでむしろ中学生らしい突っ込みであったとも言える。更に言うなら、そのときの人識は、殺人鬼集団・零崎一賊の鬼子《おにご》としての零崎人識ではなく、あくまでも風変わりな一般人としての汀目俊希《みぎわめとしき》だった。


しかし、そんな両面性を持つ人識だからこそ、その逸話にそうも機敏に反応したのかもしれない。実際人識にも、ちょっとした瞬間に、ふときっかけがあれば、今の自分が殺人鬼なのかそれとも一般人なのか、わからなくなってしまうことがある。

うっかり授業中に殺人鬼としての一面を披露してしまってクラスメイトをドン引きさせてしまったことがあるし(何とか誤魔化したが)、うっかり殺人鬼としての戦闘中に普通の中学生としての感覚を思い出してしまって、軋識《きししき》あたりにどやされたこともある(こちらは誤魔化せなかった)。

人の意識は連続的なものでなく断続的なもので、だから時折、意識と意識の隙間において、ある一定の割合で自己認識に失敗してしまうのだろうと、人識はそんな風に考えている。

夢が現実なのか、現実が夢なのか。

殺人鬼が現実なのか、中学生が現実なのか。

勿論、実際のところは、どちらかが真でありどちらかが虚であるのではなく、表がどちらかなのではなく裏がどちらかなのではなく、どちらも真であり、どちらも表なのである——と、それが正解なことくらいは人識にもわかっている。

人識は零崎人識であり、汀目俊希である。

人識は中学生であり、殺人鬼である。

そういうことだ。

しかし、ここで人識は更に首を傾げる。

ならばそれと同じ理屈で、どちらも虚であり、どちらも裏であるという線も——考えられなくはないだろうか。

件《くだん》の学者は、本当は人間でも蝶でもない、何かもっと別の存在だったという、そんな第三の選択肢はないだろうか。

事実、人識はクラスの中でもはぐれ者だし、また零崎一賊の中でもはぐれ者だ。集団に属しながら、集団生活に馴染《なじ》まない。どこの誰を相手にしたところで、まるで自分だけが種族の違う生き物のように、相容れない。

自分には生涯、建設的な人間関係が築けないのではないかと、最早実感と言っていいレベルで、そんな風に思うこともある——より絶望的なのは、そんな風に思えてしまうのが、人識自身、別段気にならないことだろう。

ひょっとしたら、同じく一賊のはぐれ者であるところの零崎曲識《まがしき》あたりなら、人識のこんな気持ちを理解してくれるかもしれないが——しかし少なくとも、人識が曲識を理解できていない以上、完璧な相互理解は難しいだろう。

結局、問題はそちらだ。

と、人識は思う。

人識が浮いているのは、人識の奇矯さが周囲の不理解を招いているからというより、人識の側が、周囲の人間を理解できていないから——誰の気持ちもわからないからなのだ。

理解してもらえないのではなく。

理解できないのだ。

自分では要領よく、それなりに立ち回っているつもりなのに、避けようもなく環境と摩擦を起こし、ろくでもない結果に至る。

何度も繰り返してきたことだ。

そしてこれからも、繰り返していくのだろう。

その決定された未来が——気にならない。

気に入らないのではなく、気にならない。

やはりそれが、絶望的なのだった。

(頑張る気になれない)

(本気になれないってのは——問題だ)

「汀目くん」

と。

不意に声を掛けられて、人識は少し驚く。

そして現状を認識する。

今は殺人鬼《ぜろざき》としての自分《ひとしき》ではなく、中学生《みぎわめ》としての自分《としき》であることを確認する——今自分がいる場所が通っている中学校の教室であり、期末試験も終わった卒業目前の時期、自分は席に座っていて、今は休み時間であり、声を掛けてきたのがクラスの委員長、榛名春香《はるなはるか》(ニックネーム・大憲章《だいけんしょう》)であることを確認する。

クラスで浮いている人識に、何かと便宜を図ってくれる榛名に、人識はそれなりに感謝しているが、その感謝を表に出すことは特になかった。今回もまた、その便宜の一種だろうと、はて宿題を忘れたっけ、それともこの間窓ガラスを割ったのがバレたかと人識は考えたが、何らかの結論に至る前に、榛名は、

「なんか、汀目くんの友達が訪ねてきてるんだけど」

と言った。

俺に友達はいない、勿論お前も違うと思いつつ、また、しかし榛名のそういう口調が、どこか疑問げなのはなぜだろうと思いつつ、人識は顔を起こす——そして。

人識は榛名の肩越しに、扉のあたりで待機してい

る人物の姿を発見し、吹いた。

そこにいたのは匂宮出夢《いずむ》だった。

『殺《ころ》し名《な》』序列一位、殺戮奇術集団匂宮雑技団の次期エース――匂宮出夢。

女性の器に男性の意識が入り込んでいる、彼というべきか彼女というべきか、そこからして虚実表裏が曖々然《あいあいぜん》とした匂宮出夢が――人識と同じ学生服に身を包んで、当たり前みたいに腕組みをして、立っていたのだ。

榛名が怪訝《けげん》に思うわけだ。

いくら学ランを着ようとも、その長髪は目立ち過ぎる――その上、怪し過ぎる。こんな奴《せいと》が学校にいただろうかと不審がられたとしても、それは自然なことだ。

改めて、今、自分が零崎人識なのか汀目俊希なのか、ここで迷う――ステージは明らかに汀目俊希としての自分の場なのに、零崎人識の知り合いでしかあり得ない殺し屋・匂宮出夢が、そのステージを訪ねてきたのだから。

境界線が混じってしまった。

幻覚か、と思っても消えない。

夢か、と思っても目覚めない。

しているうちに、どうやら人識からの視線に気付いたらしい、出夢のほうがはにかむような笑顔を浮かべ、牙のような八重歯を光らせ、

「ちっす！」

と、両手の親指を立ててきた。

「とっしー、おひさー！」

また俺に変なニックネームをつけやがって、俺は『と』から始まる名前の湖に棲む謎の首長竜かよ、という思いを込めて人識は立ち上がり、

「おお――いずむん」

と、言い返した。

それを見た榛名はどうやらそれを仲睦《なかむつ》まじい掛け合いと勘違いしたようで、見かけない『友達』を怪しくは思っていたらしいが、その『誤解』も解けた

ようで、「じゃ、あたしはこれで失礼」と、自分の席へと帰っていった。

人識はそれを認識してから、出夢のほうへとつかつかと歩いていった——そして近過ぎるくらいの距離まで寄って行き、足を止める。

そしてぎろりと、出夢の顔を睨みつけた。

「お前はいよいよ、俺のプライベートにまで踏み込んでくるのかよ——いい加減にしろよ、さすがにそろそろ兄貴にチクんぞ。殺して欲しいなら大人しく放課後まで待ってろ」

「よせよ、とっしー。別にこんな平和なところで殺し合うつもりはねーんだ」

それは、珍しく、人識に対して気を遣ったのだろう——小さな声で静かな口調で、出夢は言った。いや、そもそも人識の言う通り、こんなプライベート空間にまで乗り込んできている時点で、気を遣うもへったくれもあったものではないが。

「それに、そもそも今日は僕と殺し合ってもらうために来たんじゃねえ。ちょーっとばっか、お前に頼みごとがあってな。少し顔を貸してくれよ、零崎人識」

そう呼ばれて。

ほとんど強制的な形ではあるが、

(どうやら今の俺は、汀目俊希ではない零崎人識にされてしまったらしい——)

と。

彼は諦めた。

零崎人識は、諦めのいい男である。

◆　◆

零崎人識——顔面刺青《いれずみ》の殺人鬼。『殺し名』序列三位、零崎一賊の鬼子、十四歳。
匂宮出夢——長髪の殺し屋。『殺し名』序列一位、匂宮雑技団の次期エース、肉体年齢十八歳（精神年齢十三歳）。

このふたりは、以前、人識が兄の双識の手によって半ば無理矢理に連れて行かれたいくさ場であるところの雀《すずめ》の竹取山《たけとりやま》で衝撃的に出会って以来、殺したり殺されたりする付き合いが続いている。いや、人識は、戦闘そのものには大した興味を持っていないので、別段望んで殺し合う理由はないはずなのだが、しかし出夢のほうがかなり重度の戦闘マニアで、隙を見ては人識に付きまとってくるのだった。荒事《あらごと》についてはむしろ消極的な姿勢を取る人識に言わせれば、はっきり言って出夢の殺戮中毒《ワーカーホリック》は迷惑極まりない——しかし、現実問題、人識と出夢は、属する集団内においては似たような立場にあるとは言っても、その間には埋めようがないほどの大きな実力差がある。

どうしても。

主導権は出夢の側にあるのだった。

とは言え、我慢には限度というものがある——中学校というプライベート空間にまでやって来られては、人識の生活自体が破綻しかねない。そこはがつんと言ってやるつもりで、とりあえず人識は教室を離れ、出夢をグラウンドにまで連れ出し、体育倉庫へと引き入れた。周囲を気にせずに話ができそうな場所が、そこしか思いつかなかったのだ。

……しかし、よくもバレずに侵入してこれたものだと思う。榛名も不審がっていたように、形ばかり学生服を着てきてはいるものの、こんな長髪で、しかも、身体のラインをよく見れば出夢が（肉体的には）女性であることなど、わかりそうなものなのに。もっとも、バレていた場合、無事で済まなかったのは学校側のほうなのだが。この学校の危機管理意識は大丈夫かと、人識は思った。

「ぎゃはは——」

人目のあるところではそれなりに被っていたらしい猫の仮面を外して、出夢はそんな風に笑いながら、跳び箱の上に腰掛けた。学生服のポケットに入れていたらしい眼鏡を取り出して、それをカチューシャ代わりにして、前髪をかきあげた。

「まあ、実を言えばちょっと前から知っちゃあいたんだけどよ——なかなか板についた一般人振りじゃねえかよ、人識。馴染んじまってて、結構探しちゃったぜ。その顔面刺青がなきゃ、見つけられなかったかもしれねえ」

「できれば見つけて欲しくなかったよ」

人識は、指摘された顔面の刺青をなでるようにして、自分はマットの上に腰を下ろした。体育倉庫はあくまで体育倉庫なので、明かりはなく、薄暗い。しかしこの程度の薄暗さは、『殺し名』に属するふたりの行動を制限するものではなかった。

「で、なんだよ、出夢」

そう言えばこいつと、いつの間にデフォルトで下の名前で呼び合う関係になったんだっけ、と、そんなことを思いながら、人識は出夢に問いかける。

「殺し合いに来たんじゃねえってってめえの発言を鵜《う》呑《の》みにするつもりは全然ねえが——しかし、ここまでの道中五分もの間おとなしくできた偉業に敬意を表して、話くらいは聞いてやるぜ」

「そうかい。そりゃ助かる。ぎゃはは」

出夢は楽しそうに笑う。

楽しそうと言うより——なんだかハイだ。

普段からテンションの高い殺し屋ではあるのだが、しかし今日は、その傾向が更に強く観察できる。なんだろう、先ほどまで猫を被っていた反動だろうか。

「しかしこの学生服ってのも、動きやすいようで動きにくいな——肩んとこがどうにも回し辛《づら》い。僕は腕が長いから、更にバランスが悪い感じだし。最悪なのはこの首んとこのカラーだな。ホック閉じたら、まるで首輪で締め付けられてるみたいだぜ。人識、お前よく、こんな服着て今まで戦ってきたな」

「普段は拘束衣着てる奴が何を言ってるんだか。……一応訊いておくけど、お前、その制服、正当な手続きで入手したものなんだろうな」

「あ？　どういう意味だよ」

「その辺の奴から強奪したんじゃないだろうなって意味だよ」

「ぎゃはは——その辺の奴から強奪するってほうが、僕みたいな奴にしてみりゃ正当な手続きだろうよ。だが安心しな。知っての通り、僕は殺戮を一日一時間までと決めている——意味のない荒事で、貴重なストックを使ったりはしねえよ」

この学生服は妹が手に入れてくれたもんだ、と出夢は言った。

妹。

そう言えば随分前に、出夢には理澄《りずむ》という名の妹がいると聞かされていた——出夢が戦闘を担当しているように、理澄は調査を担当しているとのことだった。ならば侵入潜入の手際《てぎわ》は、文字通りお手の物ということなのだろう。

「けど、人識、どうだ。僕、こーゆー普通の奴みたいな格好も、意外と似合わないか？」

長い両腕を広げて、気取ったポーズを取ってみせる出夢。袖が足りないことを除けば確かに似合いはすると人識は思ったが、しかしそんなことを言って調子づかせるつもりは更々なかったので、

「似合わねえよ」

と、一蹴《いっしゅう》した。

「それよりとっとと用件を言え——頼みごとがあるんじゃなかったのか？　あーそうだ、わかった、兄貴を紹介してくれって言うんだろ？　よしよしすぐに教えてやる。そして殺し合って、どっちかが死んでくれ。どっちが死のーが俺の負担が半分になって実にナイスな展開だ。相討ちだったら更にステキだぜ」

「いやあ、お前の兄貴のマインドレンデルは相手取って楽しむには、ちょいとばかし骨が折れそうだからな——今んところは別にいいよ」

「なんでだよ。多分お前のほうが強いだろ」

「強さは僕が上だとしても、変態度ではまだ勝てね

えな」

そんなところで勝負をするな。

人識は喉まで出かけた言葉をぐっと呑み込んだ。

「じゃあ何の用だよ」

「僕の仕事を手伝って欲しいんだ」

どうせ出夢のことだ、てっきりもう少しもったいぶってこちらの反応を楽しむつもりだとばかり思っていたのに——意外とあっさり、その『用件』は口にされた。

「はあ？　仕事を手伝え？　なんだそりゃ、寝言は寝て言えって話だろ——それとも寝ボケてんのかよ。ああそうか、てめえは年がら年中色ボケてんだっけか——」

「いや、結構マジな話だよ」

人識の軽口を、出夢はそんな風に制した。出夢の軽口を人識が制するということはあっても、その逆というのは本当に珍しい。

「次期エースとか言ってもよ——僕は僕で、所詮は失敗作だからな。たまたまま気まぐれで使えるから気まぐれで使ってもらってるだけで、本来ならとっくの昔に処分されててもおかしくないような存在だ」

その辺りの話は聞いている。

本人からではなく、兄の双識から。

元々、匂宮出夢という『強さ』に特化した存在——『強さ』に特化した人格は、匂宮雑技団の現時点における最高傑作、『断片集《フラグメント》』を作り出すための副産物として偶発的に生まれた——言わば『おまけ』の失敗作だという。だからこそ、明確な結果、明確な成果をもって、自己存在を肯定していくしかないのだ。

零崎一賊における零崎人識の立ち位置は、それと似通ってはいるものの——しかし、大きく違う点もある。

それは零崎一賊が『殺人鬼』集団であり。

匂宮雑技団が『殺し屋』ギルドであるということだ。

匂宮の『殺し屋』は職業なのだ。

つまりはその内実は究極無比の実力主義——役に立たなければ処分される。いくら浮いていたところで、おとなしく、息を潜めて、度の過ぎた真似さえしなければ安穏と暮らしていられる人識とは、その生活のリスクは桁違いである。

「だからまあ、妹も食わしていかなきゃなんねーし、僕としては可愛らしく、色々とあくせく働いてたんだけどよ——ここんとこ、サボりがちだったもんで、上から目ェつけられちまってよ」

「サボりがちって、お前——」

そりゃお前の自己責任じゃねえかと突っ込みを入れそうになって、出夢が仕事をサボって何をしているのかといえば、人識のところに『遊び』に来ているのだということに気付く人識。

いや、その事実に人識は迷惑しているわけで、別に責任を感じるような話ではないのだが。

「少し前からまずいかもなあとは思ってはいたんだけどさ、こりゃまあ惚れた弱みって奴だよなあ。僕ってばついつい仕事そっちのけで、人識のところに来ちゃうわけよ」

「気持ち悪いことを言うな」

とは言え。

職業的立場で言うならば、そもそも出夢は、零崎一賊の鬼子であるところの人識の存在を、『上』に報告する義務があるはずなのだ——しかし出夢はそれをしていないらしい。人識が出夢との付き合いのことを一賊の人間に隠しているように。別にお互い、口裏合わせをしてそうしているわけではないが——そこは暗黙の了解だった。

だから、もし出夢が匂宮雑技団内において窮地にあるというのなら、やはり人識としては、そのことにまったく無関心ではいられなかった。

責任を感じるような話でなくとも。

わずかばかり、責任を感じてしまうのだ。

「で——これからは真人間に戻って殺し屋業務に専念することにしたから、今日は俺にお別れを言いに来たってことなんだな？」

　しかし、ついつい憎まれ口を叩いてしまうのもまた、零崎人識の性質ではあった。

　素直でないのだ。

「ぎゃはは——違う違う違う違う。いや実際もう、今更反省の姿勢を見せたところで許してもらえるような段階じゃなくってよ。処分一歩手前の命令が出ちまった」

「処分一歩手前？」

「捨て駒扱いって奴だな。およそ達成不可能な無茶な任務を言い渡されたのさ」

　出夢の口調に悲観的な空気はない。

　あくまでも明るい。

　しかし普段よりもハイなのは、それはやはり、それなりの緊張状態にあるからなのだろうと、人識は判断する。

　考えてみれば、折角体育倉庫で二人きりになったというのに、匂宮出夢という変態性欲の持ち主が抱きつきもしてこないしキスもしてこないし脱がしにも掛かってこない。これはひとつの異常事態と言ってもいいだろう。

「無茶な任務って、何だよ」

「玖渚《くなぎさ》機関直系血族の殺害指令だ」

　やはりもったいぶらず——

　匂宮出夢は言った。

　無茶な任務とあらかじめ前置きを聞かされている、人識も身構えてはいたのだが——しかし、口にされたその言葉は、悪い冗談のようにしか思えなかった。

　戸惑うというより、笑ってしまうような。

　そんな——悪い冗談だった。

「なんだそりゃ——そんなこと、できるわけねえだろ。いや、仮にできたとしても——その後、大変なことになるぞ」

「ああ。まあ、死んで来いっていうような、特攻指令だよな——遠回しな比喩で死ねって言われたみたいなもんだ」

玖渚機関。

　零崎一賊や匂宮雑技団が暴力の世界を支配する集団ならば、玖渚機関は権力の世界を支配する集団の、その長に立つ組織である。壱外《いちがい》、弐栞《にしおり》、参榊《さんざか》、肆屍《しかばね》、伍砦《ごとりで》、陸枷《ろくがせ》、柒《しち》の名を飛ばして、捌限《はちきり》、それらを束ねる玖渚機関。そのすさまじき影響力たるや、あまりにも膨大過ぎて、説明するほうが難しい。強いて言うならば、この国で暮らしている以上、誰もが多かれ少なかれ——多くは多かれ、その支配下にあるということだ。決して大袈裟ではなく、この体育倉庫にしたってさえ、玖渚機関の力に基づいて存在していると言ってもいい。

　そう言わなければ嘘になるのだ。

　その玖渚機関の——直系血族？

　実在が疑われるほどの人間群ではないか。

　その殺害命令など——最早神殺しの指令に近い。

　あるいはそれ以上だ。


「そもそも誰がそんな仕事を依頼すんだよ——『殺し屋』ってくらいだから、匂宮雑技団ってのは、依頼がなけりゃ動かないはずだろ？」

「さあな。そこは詮索してねえ——したって無駄だしな。でもまあ、玖渚機関だって人間の集団だ、利害関係は生じるだろう」

「利害関係ね」

　いや、勿論それはあるだろう。

　単に、その依頼が非現実的だというだけだ。

「依頼するほうも依頼するほうだが、しかし、その依頼を受けるほうも受けるほうだよな——と言うより、出夢、お前を処分するために、タイミングよく来たそんな馬鹿げた依頼を受け付けたって感じか」

「間違いなくな。嫌われたもんだぜ」

　そもそも『断片集《フラグメント》』の連中は気が短過ぎるんだよな——と、出夢は毒づいた。その口調から察するに、どうやら出夢にその無茶な指令を振ってきたのは、噂の『断片集《フラグメント》』らしい。

まあ第十三期イクスパーラメントの成功例であるところの彼らにしてみれば、失敗例であるはずの出夢が好き勝手やっているのを疎《うと》ましく感じるのも、無理からぬことなのかもしれない。

とは言え――

当然、腑に落ちる話でもない。

「まあしかし、現実味が完全にねえってわけでもないんだ――僕に任務を押し付ける口実になる程度には、状況は整っている。直系血族とは言え、殺害対象であるその人物は、ごく最近大きな問題を起こして、一時的に血族の主流を外されてるらしくてな。言うなれば、玖渚機関本体からは隔離されている状態なんだ」

「大きな問題ね――どんな問題なんだか。じゃあ、依頼主ってのも、その辺の事情が噛んでるのかもしれないな」

推測の域は出ないが。

そう考えるのが自然だろう。

「まあ、玖渚機関直系血族がどれほどの力の持ち主だったとしても、『殺し名』とは違って、戦闘スキルは皆無《かいむ》のはずだから――防壁が薄いというのなら、現状に限れば、任務達成は不可能じゃねーってことか」

お前なら。

とまでは、人識は言わなかったが、しかし出夢はゆっくりと首を振って、

「防壁が薄いというわけじゃない。所在が知れているというだけで、むしろその分、防壁は厚くなっていると言っていいかもしれねえ――厄介なボディーガード達が雇われていてな」

と言った。

「ボディーガード」

「ああ。特にその中のひとりが、本格的にやばい――お前ともまったく縁がないってわけじゃねえぜ、零崎人識。雀の竹取山で、お前んところのシームレスバイアスを負かした女がいただろう？」

「ああ。詳しくは聞いてないけれど」

シームレスバイアス――零崎軋識は、自分の負けた話をおおっぴらにするような殺人鬼ではないので、それは双識や曲識から伝え聞いた話だ。

「鉄仮面をかぶったメイドだったかなんだったか……兄貴の見た幻覚じゃねえのかって、俺は疑ってるんだけど。本当にそんな奴がいるのなら、是非見てみたかったもんだがな」

「その女の師匠筋だと言えば、実力のほどは推測できるだろう。直木飛縁魔《なおきひえんま》――普通なら、ボディーガードに雇えるようなクラスのプレイヤーじゃないはずなんだが」

「飛縁魔――」

人識は記憶を探る。

しかし、その手の危なっかしい情報は、なるだけ頭の中に入れないように心がけている人識なので、心当たりはまったくと言っていいほどなかった。特徴的な名前だから、聞いたことがあるのなら、忘れそうにもないが。

「……そいつはお前より強いのか？」

「まあ……どうだろう。仮にそうだったとしても、『強さ』に特化した僕としては認めたくはないが、少なくとも楽勝はできねーな。全力で挑んで、ようやく五分五分ってところか」

出夢にしては控えめな物言いだ。

裏返せば、それほどの相手ということだろう。

そこに現在のシチュエーションを加味するならば、現実、もっと分は悪いと考えているはずだ。

「しかし……、いや、しかもと言うべきか、ボディーガードを務めているのは飛縁魔だけじゃねえ――更に足すことのふたりのプレイヤーが、その直系血族を守っている。飛縁魔ほどじゃねえにしても――そのふたりも、かなりの実力者だ。直木泥田坊《どろたぼう》と直木煙々羅《えんえんら》という」

直木泥田坊。

直木煙々羅。

「苗字が同じだな。お前んとこみてえに、兄弟姉妹ってことか？」

「いや、血縁関係はねえよ。『直木』ってのは、ただの集団名だろう。泥田坊と煙々羅は、まあ飛縁魔の弟子みてえなもんだな——件のメイド仮面よりも強く、飛縁魔に師事しているふたりだ」

「つうことは、構成としては匂宮よりは零崎寄りってわけだ」

「さすがにたったの三人じゃ無理な話だが、実際、人数が集まれば、いずれ『殺し名』に名を連ねることができそうな連中だよ。三人揃って直木三銃士と呼ばれている」

「……それはまた、賞の名前にもなっている戦前の文学者をまったくと言っていいほど連想させない通り名だな」

「ああ、まったく連想しねえ」

人識の軽口に、出夢は乗って来なかった。

いや、そこは義務として、ちゃんと突っ込まなければいけない部分だと思うのだけれど。

「いつぞやの総角《あげまき》三姉妹なんて比べ物にならねー手《て》練《だ》れだよ。その直木三銃士が殺害対象の周囲を固めている。ある意味核シェルターにこもられるよりも、難易度の高い状態だ」

「……やれやれ」

人識は嘆息した。

「相変わらず事前調査のスキルが高いよな、お前は」

「僕のスキルじゃねえ——調査は妹のスキルさ。僕にゃあ調査なんて、細かい真似はできねえからな。まあ、敵を知り己を知れば百戦危うからず——って奴さ」

「はん。その言葉、確かおんなじ奴が、百戦百勝は善の善なるものにあらずっつってんぜ。で、お前さ」

話が見えてきたところで、人識は訊く。

「俺にどうして欲しいわけだ？」

「飛縁魔は僕が何とかする。残りのふたりを倒して欲しいとまでは言わない――せめて時間を稼いで欲しい。頼むよ。こんなこと、お前くらいしか頼める奴いねえんだよ」

「かはは――お互い、友達のいないこったな。傑作だぜ」

正面から頼まれると人識は弱い。

頼まれたら嫌とは言うけど、引き受けてしまう男なのだ。

「いいだろう、手伝ってやるよ」

だから。

ほぼ即答のような形で、そう答えた。

すると。

「…………？」

と。

匂宮出夢が、なんと言うか、『きょとん』としたような表情で――人識を見ていた。

無言で。

その表情のまま、何も言わない。

「……？　おい？　出夢？」

「あ、いや――」

と、出夢は意識を取り戻す。

「――悪い悪い。あっさり引き受けてくれるもんだから、びっくりして」

「なんだよ、断って欲しかったのかよ。かはは――まあ、学校の出席日数についてはもう心配いらねえしな。ここでお前に貸しを作っておくのも面白そうだ。飛縁魔だか泥田坊だか煙々羅だか知らねえが、そんな妖怪軍団みてーな連中、この俺が殺して解《ばら》して並べて揃えて」

「愛」

「してやんよ……って愛するか！」

てっきり出夢がいつもの調子を取り戻して茶々を入れてきたのだと思って、人識はノリ突っ込みのごとく怒鳴りつけたが、しかし当の出夢もまた、意表を突かれたみたいな表情をしていた。

「え？　お前じゃねえの？　じゃあ――」

人識は声のした方向を確かめる。しかし確かに出夢のほうから声が——いや、よくよく思い出してみれば、出夢が腰掛けている下、跳び箱の中から、その声はしたような……。

同じ結論に達したらしく、出夢はその跳び箱から飛び降りて、一段目を蹴り飛ばした。

果たして、跳び箱の中には。

澄百合学園からの脱走生。

体操服姿の——西条玉藻がいたのだった。

◆　◆

人識が汀目俊希として通っている中学校から数百キロは離れた、深い山中——山肌岩壁に建てられた玖渚機関所有の別荘内で。

「くしゅん」

と。

そんな風に——彼はくしゃみをした。

「おや——今、どこかで誰かから、命を狙われたような気がしましたけれど……気のせいですかね」

口元を押さえて、彼は続ける。

おかしそうに微笑しながら。

「まあ、かような隔離生活には飽き飽きしていたところです——殺してくれるというのなら、どうか殺して欲しいものですね」

とは言え、と。

玖渚機関直系血族——長男、玖渚直《なお》は呟く。

「高貴な私の高貴な命を狙う以上——できればなるだけ高貴なやり方で、お願いしたいものです」

第二章

「金でしか動かんお前が何故動く」
「だから金で動いたのだ——値千金の、友情でな」

◆　◆

玖渚機関直系血族、玖渚直。

この時点で十九歳の未成年ではあるが、しかし彼は幼い頃よりいわゆる神童として、玖渚機関の中枢に近い部分に携わって、その権力を世間に対して行使してきた人間である。五つ年下の彼の妹がいわゆらない神童だったため、また、彼自身、あまり目立つことを好まない性格だったため、その名前自体はそれほど人口《じんこう》に膾炙《かいしゃ》していないが——しかしここ十年ほどの玖渚機関の躍進には、彼の知性が大きく関与している。彼にしてみればその関与は、あくまで学業の合間の暇潰しでしかなかったが、その暇潰しで十分だったのだ。

そんな彼がどうして現在、玖渚機関からの隔離扱いを受けているのか。

それは偏《ひとえ》に、ある少年を助けたがためである。玖渚機関とは本来何らかかわりのない一般人、しかしそんな一般人でありながらあろうことか玖渚機関に対し弓を引いたある少年、とある例外的な少年の海外留学に対し、直は不正に力を貸したのだ——勿論玖渚機関の所有する権力をあますことなく利用して。

海外留学とは言え、実際は体《てい》のいい海外追放みたいなものだった——しかしそれでも、直のした行為は許されるものではなかったのだ。『大きな問題』と一言で言うには、大き過ぎた。聡明な彼らしからぬ行為だったし、彼自身もまた、自分らしくないと認識しながらの行為でもあった。

だからその行為に対する懲罰の意味合いで直は隔離されたのである——直は何ら逆らうことなく、その隔離を受け入れた。

もっとも、直を隔離して困るのは玖渚機関のほうだ——それは、直の妹を絶縁した際に、玖渚機関の中枢としては痛感せざるを得なかったことのはずである。まだ言葉が通じるほうの神童である直を、長期間切り離してしまえるわけがない。だからこんな形ばかりの懲罰は、あと一年もしないうちに解除されるだろうというのが直の予想だった。

玖渚直は自分の能力を自覚している。

直は客観的に自分を見ることのできる人間だった。

だから当然、機関から隔離されたことにより、生命のリスクが飛躍的に増大することもまた、予測できたが——一定期間、危うい立場に置かれることもまた、理解できていたが。

しかし、そんなことは直にとっては、どうでもいいことだった。

この時期の玖渚直は、自分の命をそれほど大切にしていない。

ある意味において投げやりで、違う意味においては捨て鉢だった。

妹のこと。

あるいは、件の少年のこと。

彼らのことを考えると、特にそうだった。

妹が、絶縁されたとはいえその生存を許されているのも、同様に、少年が玖渚機関に弓を引きながらその生存を許されているのも、すべては直の尽力のお陰と言っていいのだが——それでも彼にとって、それらは己の失敗の後始末でしかなかった。

不始末の後始末でしかなかった。

だから、隔離されることによって訪れた生命の危機に対して、直はかなり無関心で、やはり投げやりで捨て鉢だったし、ありていに言って、ボディーガードも適当に選んだ。

『高貴な私の高貴な名前を、冠に宿しているところが素晴らしい』——それが。

それが、玖渚直が、直木飛縁魔を始めとするプレイヤー達、人呼んで直木三銃士を隔離先に同行させた理由である。

そんな適当な選び方をした癖に、ばっちり最高クラスのプレイヤー集団を選別しているあたりに、玖渚直の異様なまでの引きの強さが表れているのだが

――ともあれ。

それが、簡単に言えば、今回の物語の舞台裏である。

それは匂宮出夢にとっては妹が集めた資料に書いてあっただけのどうでもいい話だし、出夢からの頼みごとを安請け合いしただけの零崎人識だって、大して気にもしないような話なのだが――しかし、零崎人識と匂宮出夢との関係を語る上で大きな転換点となるこの物語の背景を、たとえ何の役に立たない情報だったとしても、やはり彼らは知っておくべきだっただろう。

◆　◆

玖渚機関所有の別荘に殺害対象である玖渚直は隔離されている――と、体育倉庫の中で匂宮出夢は言ったが、詳しく聞いてみると、それどころか、その別荘が建てられている山そのものが、玖渚機関の管理下にあるとのことだった。

玖渚山脈。

一帯に連なる山々は、正式にそう名付けられているらしい。ならば隔離と言っても、どちらかと言えばあくまでも謹慎に近いもののようだ。元の鞘《さや》に収まることが前提の謹慎――

(裏を返せば、だからこそ暗殺する意味はあるし、やはり暗殺には絶好の機会というわけか)

と、人識は思う。

暗殺は、匂宮でも零崎でもなく、闇口《やみぐち》の領域であるはずなのだが――とにかく、出夢が人識の通う中学校を訪れた、その夜のこと。

玖渚山脈を一本貫く山道を、殺し屋・匂宮出夢、殺人鬼・零崎人識、そして狂戦士――西条玉藻は歩いていた。

山道であろうと夜道であろうと、さすがというべきか、三人の足取りに普段と変わるところはない……より正確を期して表現するなら、西条玉藻だけは歩いておらず、零崎人識の背におぶわれて、すやすやと寝息を立てているのだが。

「……本当にそいつ、連れてくのかよ？」

先導するように歩いていた出夢が、人識のほうを振り向いて、何度目かになる質問を投げかけてきた。ジト目である。

まさか出夢からそんな視線を向けられるとは思わなかった、みたいなことを考えながら、人識は、

「仕方ねーだろ」

と、やはり何度目かになる答を返す。

「まさかあのまま体育倉庫に放っていくわけにもいかねーし」

「放っとけばよかったじゃねえか。今からでも遅くねえ。その辺に捨てちまえ」

「寝てる女子を捨ててくとか、どんな発想だよ」

「でも、ほら、見てみろよ。幸せそうな顔してんじゃねえか」

「死んでるみたいに言うなよ！」

人識は結構大きな声で突っ込んだのだが、しかし背の玉藻はまるで目を覚ます気配もない。深い眠りの中にいるようで、それは十歳の少女であるという条件を差し引いて考えたところで、可愛いものだった。

もっとも——西条玉藻の可愛くなさは人識もよく知るところだし、匂宮出夢にしても、西条玉藻のことは記憶していた。そもそも人識と出夢が初めて会ったその場所に、玉藻もまた居合わせたのだから。

人識が玉藻と今まさに対決しようとしていたその際に、出夢が横槍を入れた——という形だった。

今思えばあれが全《すべ》ての間違いの始まりだった、と人識は回想する。雀の竹取山における玉藻との勝負を邪魔されたことに腹を立てて、本来の実力差では逃げるのが一番得策だった出夢に、人識は無謀にも挑んでしまったのだ——いやはや、我ながら熱くなってしまったものである。

出夢とはその後も何度か殺し合い、またはじゃれ合いという形で再会を果たしているが、玉藻とはそ

れ以来だった。聞いてみれば、零崎軋識が数回、玉藻に襲撃されているらしかったけれど——あの大将を相手にして大した傷も負わずに生き延びている玉藻を、そのたびに人識は改めて評価していたものである。

しかしどうして玉藻が人識の学校の体育倉庫、それも跳び箱の中にいたのかは、謎だった。

「まあ、つっても俺に会いに来たんだろうってことは予想がつくけどな——お前と違って、どうして俺の通う中学校がわかったのかは不思議だが。本能って奴なのかもな」

「……つうかそいつ、僕のこと忘れてたよな」

出夢は言う。

微妙に嫌そうな口調で。

「何で殺されかけた癖に忘れてんだ。そんなんじゃこっちとしても殺し甲斐《がい》がねえよ」

「お前、確かにこいつのこと、後ろから襲ったからな。無理もねえよ」

「ったく……そんな引っ付くなよ。目のやり場に困るだろうが。小学生の貧相な肉体がそんなに好きなのかよ、このロリコン野郎」

「いや、おんぶしてんだから密着すんのは仕方ねえだろ。つーか貧相な肉体ってんならお前だっていい勝負だぞ」

「なーんだよ、人識。お前、僕の肉体のこと、そういう目で見てたんだ。傷つくねえ」

言いながら、歩みを進める出夢。

機嫌が悪いようにも見える——自分の抱える重大な任務に予定外の部外者が介在することに苛立っているという風に見えるが、しかし、ひょっとしたら単に人識が玉藻に優しげなのが気に入らないだけかもしれなかった。

そんな感情を抱かれても、人識としては困るだけなのだが。

「やれやれ、人目もはばからずにいちゃいちゃしやがって。真面目に仕事しようって気がねえのかね」

「お前の口からそんな言葉を聞く日が来るとは、俺は嬉《うれ》しいよ。……大体、こうやって俺がガードしてねえと、それこそお前がまた、こいつを殺しちゃいかねないからな」

「僕をお前みたいな殺人鬼と一緒にするなよ。殺人と殺戮は違うのさァ──普段の僕は、花を愛《め》でるのを趣味とするような、極めて穏やかな殺し屋さんなんだよ」

「愛でるってもあれだろ？　どうせ、殺した相手から、その証拠として切り取ってきた鼻とかをだろ？」

「その鼻じゃねえよ。怖いよ。戦国時代かよ」

まあ。

たとえご機嫌斜めであったとしても、それでも軽口が叩ける分、昼間のような緊張状態からは、出夢は脱したらしい。

それはそれでいいことだろう。

……実際のところ、玉藻をここまで連れてきてよかったのかどうかは、人識にも判別が付けがたいところなのだが。

(話の流れ上、仕方がなかった)

「しかし、直木三銃士だっけか？　向こうが三人なんだから、こっちも三人で挑むのはいいアイディアじゃねえか」

「まあ、人数合わせって意味じゃな……しかしそのガキ、戦力になんのかよ」

「半年ほど前にやり合ったときは、俺と互角クラスだったぜ」

「はあん。しかし人識はあれから僕が鍛えてやってるからな。当時のデータはあてにならねえ」

「こいつだってあれから相当な経験値を積んでるはずだぜ」

何せ、あの軋識とやり合っているのだ。

本人は認めたがらないだろうが、軋識は対戦相手を成長させるタイプのプレイヤーだと人識は思っている。この半年で玉藻が軋識から得た経験値は、相当な数値になるはずだ。

「なんだっけ、男子三日会わざれば刮目《かつもく》して見よってんだろ。それが女子だから例外になるってわけもねえ」

「庇《かば》うじゃんかよ。しかしな、人識——そのガキは僕の見たところ、お前に制御できるようなプレイヤーじゃねえぞ」

出夢は言う。

「……つーか、そもそもそいつ、プレイヤーですらねえだろ」

「お前がそういうこと言うかよ。イカレっぷりじゃ、お前といい勝負だと思うけどな」

「お前から見りゃそうかもしれねえけど——しかし、人識。僕はそいつとは違うし、そいつだって、僕と一緒にされたくはないと思うぜ。非常にわかりやすく言うとさ——僕は、戦士で」

出夢は。

言葉を区切って——人識の背の、玉藻を指さした。

「そいつは、狂戦士だ」

「…………」

「狂戦士は余裕で味方を刺す。よっぽどうまく使わねー限り、戦力としては数えにくいんだよ。まあ、確かに僕も他人のことをとやかく言えるほど素直なプレイヤーじゃねえが、しかしそのガキを行使できるのは、相当有能な指揮官だけだ。お前に、その指揮官たる自信があるのか？」

出夢の質問に、人識は答えられない。

いや——答えるまでもない。

(指揮官とか、言われてもな)

他人を理解することができない、誰ともロクな人間関係を築けない自分に、玉藻に限らず、誰かを指揮なんてできるわけがない。

「最悪、わざわざ新たなる敵を連れてきたみたいなもんだぜ。まあ、こっちはお願いしてお前に手伝ってもらってる立場だから、これ以上うるさく言うつもりはねえけどさ——しかし人識、僕はどうとでも対応できるとは思うが、もしもそいつが僕達にナイフを向けてきたそのときは、自分の身は自分で守れよ」

ぷい、と出夢は前を向いてしまう。

別にここで出夢の機嫌を取らなければならない理由もないのだが、しかしこれでは、どうも出夢と玉藻の板挟みになっているようでやりにくかった。

「……ったく、傑作だぜ」

ちなみに、人識の格好は学生服。

出夢は着替えて、革のパンツに、上半身は裸の上に直接革のジャケットを羽織っていて、眼鏡で前髪をかきあげていて。

玉藻は体操服である。付け加えるとその体操服は（多分自分でそうしたのだろう）、ずたずただ。校章なども切り裂かれていて、すっかり読めなくなっていた。

「しかし、当たり前みたいにこの山道を歩んでるけどよ、出夢、こんな目立つ一本道を辿《たど》って目的地の別荘とやらに向かっていいのかよ。見つけてくださいって言ってるようなもんじゃねえか」

獣道《けものみち》を辿るべきだとまでは思わないが。

いくらなんでも警戒心に欠ける気がする。

「はん――ここそ隠れても無駄だ。僕達がこうして向かってることくらい、どうせ飛縁魔の奴にはお見通しだろうよ。それならむしろ目立ったほうが手っ取り早い」

「なんだそれ。向こうに情報が漏れてるってことか？」

「いや、殺意を気取《けど》られてるだろうってことさ。零崎一賊の殺人鬼は殺気に対して敏感なんだろ？　しかしそれは何も零崎一賊だけの専売特許ってわけでもねえ――つうか、僕はさっきから、まだ見えない別荘に対して、殺意をぶつけてみてるし」

「……なんでそんなことしてんだ？」

自分に対して向けられた殺気ではなかったから、人識はそれにまるで気付いていなかったが――そんな物騒なことをしていたのか。確かに自分のものも相手のものも、とにかく殺意を支配して戦うのは零崎一賊の（特に双識あたりが得意としている）お家芸ではあるけれど――

「しかも、かなりの距離だぜ」

「ま、この距離だからって、僕の殺意に気付かない程度の相手なら、仕事が楽だって話かな。拘束衣を着てきてもよかったくらいだ。プロのプレイヤー同士の挨拶《あいさつ》代わりって感じ――僕としちゃあ、まず探り合いの意味が強いけれど」

「随分慎重じゃねえか」

「玖渚機関の直系血族を殺そうとしてんだ。慎重になってなり過ぎるということはないさ――」

言われてみれば、確かにその通りだ。

警戒心に欠けているというよりは、既にそういう段階ではなく、駆け引きはとっくに始まっているということらしい。

「確かに、兄貴にしろ大将にしろ、あるいは曲識のにーちゃんにしろ、零崎一賊は殺すだけだからな――そういう戦略めいた真似は、俺は誰からも教えてもらってねえ。いい機会だ。出夢、お前のやり方を参考にさせてもらうぜ」

「ああ、精々《せいぜい》盗めよ。……けど、変なんだよな」

出夢は、しかし、疑問そうに言った。

「僕達がこの山に入って随分たつけれど――未だ、相手のほうからのリアクションが返ってこないんだ。殺意に対して殺意が返ってこない。殺意でなくとも、敵意とか害意とか、とにかく似たようなもんが跳ね返ってくるはずなんだが――」

「まさか本当に気付いてないとか？」

「そうであってくれればいいんだが――あるいは、相手にされてねえのかもしれねえ」

真剣な口調で、出夢は言う。

相手にされていない？

そんなことがあるのだろうか？

自分や玉藻ならまだしも――この、こと戦闘力においては超人の域さえも遥かに凌駕《りょうが》している匂宮出夢を無視することなど、果たして可能なのか？

(可能なのだとしたら——)

それは一体《いったい》、どういう存在だ。

「……ち。そうは言っても、噂先行型のプレイヤーだと思ってたんだけどな——一応言っておいてやるよ、人識。もしもお前が単体で飛縁魔と向き合うような機会があったら、即逃げろ。別に命がけで手伝ってもらおうとまでは思ってねえよ」

「…………」

緊張している——と思った。

慎重なのだ——と思う。

しかしそれ以上に、今の匂宮出夢は躊躇《ちゅうちょ》しているようにも、人識には思えた。

だとすると、こんな無茶な任務は今からでも放棄すべきだと、ひょっとしたら人識は出夢に、そう言ってやるべきなのだろうか？　しかし、規律の厳しい匂宮雑技団における出夢の立場を考えると、それもはばかられる。

だからせめて、

「命とは言わねーが、プライドくらいは懸けてやるよ」

そんな風に、人識は言った。

「ぎゃはは——なんだそりゃ。格好いいな。人識、ひょっとしてお前のほうこそ、僕に惚れちゃってんじゃねえの？」

「かはは——確かにお前の髪なっげーのは、結構憎からず思ってんぜ。ただな、惜しむらくは身長がな——」

と。

状況が状況だけに、やはりぎこちなくはあるが、それでもいつも二人でやっているような掛け合いが少しだけ戻ってきたところで——唐突に。

唐突に、人識の背の玉藻が、目を覚ました。

『かっ』と目を見開き、そしてそこからの行動が恐ろしく速い、人識の首に回していた腕をほどき、抱えられていた脚を抜いて、まるで昇り棒を昇るように軽やかに人識の背骨を駆け上がり、最後にぎゅむっと彼の脳天を踏みつけて、大きくジャンプし——

そして着地した。

いや、単に背負われている状態から脱したかったのならば、少なくとも最後の頭を踏みつける動作だけはどう考えても余計だったが、とにかく、いきなり、嵐のように覚醒した西条玉藻は、地面に両手を突いて獣のような姿勢を取り、正面を強く見据えていた。

見据えている先は、山道を少し逸《そ》れた場所に生えている、一本の木である。

「………?」

「…………?」

人識にはわからない。

出夢にもわからない。

あまりにもその行動の意味が不明過ぎて、例によって例のごとく、玉藻のいつもの奇行か——と、人識はそんな判断を下しかけた。しかしそれは、たとえば普段から玉藻を指揮する立場にある萩原子荻ならば絶対に下さない結論だったろうし、だからこそ、人識がそんな誤った判断を下し切る前に『相手』のほうからアプローチしてきてくれたことは、もっけの幸いだっただろう。

果たして、その木の幹の陰から。

ひとりの男が——姿を現した。

「……本当はここではやり過ごして、後ろからこっそりときみ達の可能性を観察するはずだったんだけどね——バレてしまったか。てっきり寝ているとばかり思ったから、その娘は可能性としてノーマークだったよ」

背の高い青年である。

全体的に痩せている印象で、ジーンズに皺くちゃのシャツというラフなファッションが、その痩せぎすの印象に拍車をかけていた。

一見して隙だらけの佇《たたず》まい、そして隙だらけの緩み切った表情。

隙だらけというより、最早隙しかない。

殺気のかけらも。

敵意も害意も感じられない。

通りすがりの登山者だと言われたら、そんな馬鹿げた台詞《せりふ》を信じてしまいそうなくらい——それくらい、この場にふさわしくない、緩く、そして温《ぬる》い空気をまとった男だった。

勿論。

男は——通りすがりの登山者だなどとは言わなかった。

「初めまして、可愛らしい刺客さん達。俺は直木三銃士がひとり——直木飛縁魔という、可能性だ」

◆　◆

一口に強さと言っても、その種類は様々だ——しかしそれら無数の強さは、およそ大体の場合、ざっとふたつに分類することができる。

ひとつは華やかな強さ。

こちらの強さの代表格は、言うまでもなく哀川潤だ。この時点から一年もしないうちに、名実共に人類最強の称号を全ての世界に認めさせ、広く巷間《こうかん》に知られることになる彼女の強さは——華やかさにおいて、およそ右に出る者はいない。

華やかとは、つまり見ればわかる——更に換言するならば、わかりやすい強さである。その強度が、触れるまでもなく見ただけで、見るまでもなく聞いただけで、聞くまでもなく思うだけで、思うまでもなく知るだけで、万人にはっきりとした形で伝わる——説明の必要も解説の必要もまるでない、そんな伝達力を有する強さだ。

匂宮雑技団の次期エース、匂宮出夢の強さもまたこのジャンルにカテゴリされる派手派手しい属性のものだし、まだそんな究極形にまでは遠く及ばないにしても、西条玉藻の強さも、零崎人識の強さも、恐らくはこちら側のものだ。

対して、もう一種の強さ。

それは——静かな強さ。

言い方を変えれば、地味な強さである。

地味と言えばいかにも言葉が悪いが、つまりはその強さが、近距離で向き合っても伝達しにくいということだ——知ろうが思おうが聞こうが見ようが触れようが、その強さがまるで伝わらない。特に意図的に実力を隠しているわけでもないのに、どうしてなのか、その強さが観測できない。

強いどころか、弱くさえ見えるのだ。

派手さはないし、華もない。

魅力に欠けて、見栄えも悪い。

だが——そのわかりにくさは、どうしたって対処の仕様がない。

たとえば先述した哀川潤は、仕事において、人類最強の請負人《うけおいにん》として名前が通り始めてからは、勝ちも負けもない、最初から勝負が成立しないことのほうが多くなった。相手が哀川潤だというだけで、敵のほうから尻尾を巻いて逃げてしまうのだ。これではそもそも、仕事が仕事として成立しない——それは最強として知られて以降、哀川潤が請負人として抱くことになる、そして決して解放されることのない、最強ゆえのジレンマである。

華やかゆえのダブルバインドだ。

静かな強さにはそれがない。

ジレンマもダブルバインドもなく——警戒されることなく勝負を成立させ、戦慄させるまでもなく勝ちを得る。

この種の強さを所有するのは、人識の周囲においては精々零崎曲識くらいのものだし——実戦経験の多い出夢や玉藻でさえ、そもそもそちらの代表例を挙げられるほど類例を知っているわけではなかった。

だが。

三人は三人とも、本能的に直感する。

目前の男——如何《いか》にも緩そうな男。

静かで地味な——直木飛縁魔が、その種の強さを持つタイプのプレイヤーであることを、本能的に直感する。

当然、それだけではまだ足りない。

気付いたところで警戒できない、それ以前に実感さえもできないのがその種の強さだ——考えてみれば、出夢が放っていたという殺気に対してリアクション、リフレクションがなかったのは、飛縁魔のそういう属性に起因するものだったのだろう。

勿論今も、飛縁魔からは一切殺気は感じない。

殺気に敏感な双識ならば、それでもあるいは何かを感じ取れるのかもしれなかったが——しかし、少なくとも人識には感知できなかった。

(俺は)

(俺は零崎として、特殊だしな——)

薄く微笑する飛縁魔は。

本当に、ただ立っているだけのように見えた。

突っ立っているだけのように見えた。

そうとしか見えなかった。

だから、それにしては、人識、出夢、玉藻の三人は、出来得る限りの対応をしたと言ってしまっていいだろう——飛縁魔が名乗ったと同時に、もう既に三人は展開していた。

否、玉藻に限っては、飛縁魔が姿を現す以前から、既に臨戦態勢を取っていた——不覚にも、人識と出夢は出遅れてしまった形である。

「おやおや」

瞬間で、三人は飛縁魔を三角形に取り囲む——事前に打ち合わせしたわけでも何でもない、即興のチームワークである。

溜めもおかず。

飛縁魔と無駄な言葉を交わすこともなく、三人はそれぞれの方向から飛縁魔に飛び掛かる。零崎人識と西条玉藻は基本的にナイフ使いだが、しかしここでは武器を取り出す時間のほうが勿体《もったい》なかった、徒手空拳で、人識は拳を作って、玉藻は爪を立てての特攻となる。

それでも威力は十分のはずだった。

はずだったが——

「興味深い。実に興味深い可能性だ、きみ達は」

飛縁魔のそんな声が聞こえたかと思うと――人識は弾かれていた。

人識だけではない。

出夢も、玉藻も、飛び掛った方向から飛び掛った方向へと、弾いて戻されていた。出夢は受身を取っていたが、玉藻は地面にへばりつくような形でうつ伏せになっている。いや、あれはあれで玉藻なりの受身なのかもしれないが。

（ぐっ――）

人識は受身を取るまでもなく両の脚で着地していたが――しかし、自分が何をされたのか、一体何が起こったのかは、まるで理解することができなかった。

見当もつかない。

全体重を乗せての、後の展開など一切考えない、一人でやっていたらただの捨て身にしかならない特攻だった――かわされるのならわかる、受け流されるのならわかる、あるいは左右にいなされるのならわかる。

が、正面から弾き返されるとはどういうことだ？

押し返された――とでも言うのか？

出夢も人識と同じ疑問を抱いたらしく、動揺を隠し切れないような表情で、八重歯を剥き出しにして威嚇するように飛縁魔を睨みつけ、

「てめえ――何をした！」

と怒鳴った。

対する飛縁魔は落ち着いたもので、やはり薄い笑みを浮かべたままで、

「何をされたかわからないというのなら、それが現時点でのきみ達と俺との実力差だということだ」

と言った。

静かな口調ではあるが、しかし言っていることは辛辣《しんらつ》である。

出夢も、黙らざるを得なかったようだ。

飛縁魔は「ただまあ」と続ける。

「ただまあ、きみ達、思ったよりは高い可能性のよ

うだね――可愛らしい見た目に騙《だま》されるところだったよ」

「……あんたがそれを言うかよ」

人識は言う、慎重に。

学生服の袖口に仕込んであるナイフを取り出すタイミングを探りながら。

「傑作だぜ――どうせ何か、くだらねえトリックを使っただけなんだろうが。幻術とか催眠術とか、そういう奴だろ」

「考えてもいない可能性を口にすべきではないね、顔面刺青くん。まあ、そう思い込んでいたいなら、思い込んでいてくれていいんだけれど。そっちのほうが、俺は助かる」

言って。

飛縁魔は、くるりと踵《きびす》を返してしまった。

人識や出夢や玉藻をまるで気にかける風もなく背を向けて、別荘に向けての山道を歩み始めた。その思わぬ行動に、人識は狼狽《ろうばい》する。

「お、おい、あんた――どういうつもりだ！」

「いや、別に、とりあえずきみ達の可能性を計測するという俺の当初の目的は達したからね――別荘の持ち場に帰るんだよ。まあ、ここで退くならそれでよし、懲りずにこれ以上先に進むつもりなら……、そうだね、次に会ったときには手加減抜きだ」

「手加減したってのかよ」

反射的にだろう、出夢が発したその質問に、飛縁魔は振り向きもせず、

「しなかったとでも思うかい？」

と、そう答えた。

「そうそう、忘れるところだった。クライアント――直さまからの伝言だよ。『高貴な私を殺そうというのならば、高貴なやり方でお願いします』だ、そうだ」

「くっ――」

高貴なやり方？

何だそれは。

馬鹿にしている——と、本来、その任務とは関係ない立場にいるはずの人識は、しかし、音を立てて歯噛みした。

　こちらに背を向けた飛縁魔の表情はもう見えないが、しかし薄笑いを浮かべているだろうことは間違いがなく、更に続けてこんなことを言う。

「きみ達のほうこそ、当初の目的を見失わないようにしなさい。きみ達の目的は直さまを殺すことであって、この俺を殺すことじゃないだろう。俺なんかやり過ごすのが一番いいんだよ。それでもどうしても続きがやりたいっていうのなら、構わない。さっき言った通りだ、手加減抜きで相手をしてあげよう。とにかく、退かないというのであればまず別荘まで来なさい、子供達。俺達——直木三銃士が迎え撃つ。まあ、精々浅はかなこの俺に、手心を加えたことを後悔させてみせてくれ——こんな山の中に詰めているもんだからね、基本的に暇なんだ。だからそもそも、こんなところで折角の遊び相手を一人占めしちゃあ、泥田坊や煙々羅に恨まれてしまう。前もそれで揉めて、弟子を辞めるの何だの、そんな風な話になったんだった」

　まったく。

　食べ物の恨みは怖いよね——と。

「た、食べ物——」

「実においしそうだよ、きみ達は」

　気楽そうにそんなこと言いながら立ち去っていく直木飛縁魔の背中を、人識と出夢は、ただただ見送るほかなかった。

　追うことも。

　引き止めることもできず——

　ただただ見送るほかなかった。

　玉藻だけはそもそもうつ伏せのままだったので——飛縁魔の立ち去る姿を見送ってさえいない。しかし、だからこそ、極めてあり得ないことにこの状況下、一番冷静だったのは、最初から最後まで、他でもない西条玉藻なのかもしれなかった。

第二章

「生きるべきか死ぬべきか」
「そんなことは問題ではない」

◆　　◆

人識は、兄・双識の言葉を思い出す。

『女子が初めて身につける、胸の形を整えるためのファンデーション、即ち初ブラジャーとは、人類の秘宝だと私は思うのだよ。個人的にだけれどね。いや勿論女子の下着はすべて素晴らしさにおいて他の追随を許さないのだろうが、中でも自身の成長により着用することを余儀なくされるかの衣類の価値はおよそ計り知れない。ブリーフからトランクスに穿《は》き替える男子の行為などと、それを同列に並べて語ることができようはずがない。幼い女子が不器用に後ろ手でホックを止めようとする姿を想像すれば、全身が歓喜に打ち震えるね。惜しむらくは私達はその姿を目にする機会がまずないということだ。しかし、現実を手に入れられない代わり、私達は理想的な幻想を入手できる。そう思えば、それはしかるべき等価交換だと見るべきなのかもしれないね』

……いや。

そんな言葉を思い出したかったのではない。

『人識くん。きみは失敗というものをどう思う？』

こうだった。

あの眼鏡の、針金細工みたいな体格をした大鋏《おおばさみ》使いの殺人鬼は、あるとき、人識に対してそんなことを訊いてきたのだ。

随分前のことになるが。

確か人識はそのとき、知らねえよそんなこと、失敗は失敗じゃないのか——と、乱暴に返事をしたように思う。

双識はそんな人識を笑い、

『それでは話が広がらない』

と言った。

『それに私は、失敗なんてものはこの世界に存在しないのではないかとさえ思うのだよ。失敗は失敗ではない——のではないかと、ね』

人識と話しているのに自分のことを『私』と表現していたことを思えば、それはプライベートな場所ではなく、一賊として行動中のことだったのかもしれない。

へえ、ポジティヴなんだな。

そう言った。

要するに、失敗は成功の母、みたいなことを言いたいのだと思ったのだ。

しかし双識は首を振った。

『いやあ、人識くん、これはそんなポジティヴな話じゃないんだよ』

と。

『そもそも人識くん、失敗というのは、成功の対義語だろう？　つまり成功するはずのことが成功しなかったときに、人はそれを失敗と称するはずなのだ。しかし、ここでもう一歩踏み込んで考えてみようか、人識くん。成功するはずのことは——当然、成功するはずだろう？』

失敗なんてするわけがない。

それは成功するはずのことなのだから。

双識は楽しそうに、そう話した。

『成功には理由がなくて失敗には理由がある——なんて言うけれどね、しかしこの言葉には個人的には大いに異を唱えたい。むしろ逆だ。成功には理由があって、その理由が欠けているからこそ、人は失敗するのだ——と、私はそう訂正したい。つまり、失敗することは最初から失敗することが運命づけられているし、そしてだからこそ、それは失敗ではないのだ』

だけどそれでも。

うまくいかないことだってあるだろう。

望みが叶わないことも、思い通りにならないことも。

世の中には溢《あふ》れるほどにあるじゃないか。

今から思えば、どうして双識との会話において、そんな当たり前のリアクションを返してしまったのかわからないが、それはきっとそのときの状況によるものだったのだろう、とにかく、人識はそんな風に反駁《はんばく》した。

『違うよ』

そんな人識に、双識は応じる。

『うまくいかないこと、望みが叶わないこと、思い通りにならないこと。それは最初から、うまくいかないはずのことで、望みが叶わないはずのことで、思い通りにならないはずのことだったのだ。だからその結果は極めて順当であり——ありていに言えば、それは成功以外の何物でもないのだよ。ひねた言い方をするなら、それは失敗することに成功した——だけなのだ』

当然の帰結。

そうなるはずのことが——そうなっただけのこと。

だからそれが成功なのだ。

『ゆえに、もしも失敗したと嘆いている可哀想な人間を見かけたら、私達はその人間の肩に優しく手をおいて、そっとこう囁《ささや》いてやるべきなのさ——大丈夫だよ、その失敗がきみ程度にとっては成功なんだ、ってね』

それが事実だとすれば。

確かにポジティヴな話でも何でもない——というか失敗したと嘆いている可哀想な人間にそんなことを言ったら普通にぶん殴られると思うが。

要は人間には分相応というものがあり、それを超えた望みを抱くから、結果失敗するというようなテーマを含む話だったようだ。それを酷く回りくどい形で言われたのだ——そんなことを言われたくらいだから、きっとそのとき、人識は酷い失敗でも仕出かしていたのだろう。どんな失敗をしたのかはもう憶えていないが、あれはきっと双識からの、兄としての、彼なりの説教だったのだ。

わかりにくいっつーの。

だけどまあ、自分には何ができて、何ができないかをきちんと把握しておくことは、人生において大切だ。

今、人識は改めてそう思う。

直木飛縁魔――あの男は、ものが違う。

スケールが違う。

静かな強さ、地味な強さ、そんなものは伝わらない。だから飛縁魔の危険度は、その行動からのみ推《お》し量《はか》るしかないのだが――それならばあのわずかな接触だけで、十分だった。

一本道なのだ、走ればすぐに追いつけただろうが、人識、出夢、玉藻の三人は、その選択肢を選ばなかった。今ならばもう一度、三人がかりで、しかも今度は後ろから襲うことができたが――それをしなかった。

「間を置いたほうがいい」

と、出夢は言った。

「道中に突然出現されて、形はともかく、不意打ちされたようなもんだ――今、僕達は精神的に混乱している。こんな状態じゃ、勝てる勝負も勝てやしねえ」

熱くなっているかと思ったが、それは思いのほか冷静な意見だった。

「あいつは、僕達のこの混乱をこそ目的としていた可能性さえある――だから作戦を練り直すぞ」

出夢は続ける。

「飛縁魔がどういうキャラクターなのかはよくわかった――あいつはあくまでも、僕がひとりで相手をしよう」

「大丈夫かよ。三人がかりで勝てなかったんだぜ?」

「次は向こうも三人になるんだ、集中しての各個撃破には限界がある。それよりはそれぞれがそれぞれ、自分の敵と戦ったほうがいい。それなら、向こうは全勝しなきゃならないが、こっちは二敗しても一勝すればそれでいい。誰かひとりが玖渚直のところにまで辿り着けばいいんだ」

「なるほど。そりゃそうだ。負けがイコールで死ぬってことでもねーしな」

詰まるところは目的だけを果たせばいいというの

は、敵対する者は周囲を含めて皆殺しにする主義の零崎一賊にはない発想である。

(勉強になる)

と、人識は思う。

「じゃ、別荘についたらバラけて行動しようってことったな。俺と玉藻は、飛縁魔に当たったら逃げる、それ以外の相手に当たったら応戦する——だな?」

「そういうことだ。飛縁魔に意趣返《いしゅがえ》ししたいって気持ちはあるだろうが、それについては僕に任せておいてくれ」

——で。

それから一時間後。

零崎人識は、単身——玖渚直の滞在する別荘内部への侵入に成功していた。

いや、成功も何も、そもそも監視カメラやセンサーといった警戒網が一切、その別荘には施《ほどこ》されていなかったのだ。と言うか、本来ならその役割を果たしていたのであろう鉄柵門さえも、広く開け放たれていた。

誘っているのだ。

刺客である人識達を歓迎している、と言えば聞こえはいいが、しかしこれは単純に、ただただ舐められているようなものである。

直木飛縁魔に舐められているのか。

それとも、玖渚直に舐められているのか。

それはわからないけれど。

「ちっ……傑作だぜ。ただの手伝いのつもりだったんだけどな——ここまで露骨に子供扱いされると、温厚で有名なこの人識くんでも、ちょっとばかしカチーンと来ちゃうぜ」

さすがに玄関からストレートに入るのには抵抗があった、人識と出夢と玉藻は、鉄柵門の前で散開して、それぞれがそれぞれの侵入口を探すことにしたのだ。人識は別荘裏手に回って、そこの窓をナイフのグリップで叩き割り、別荘の中へと入った。

山肌岩壁に建てられたものとは思えないような、

巨大な別荘である。三角御殿などと言われているらしいが——そもそもは、玖渚機関の人間が書庫のひとつとして使っていた建物であるとのことだった。別荘中に本が詰まっていて、その蔵書数たるや、ちょっとした図書館にさえ相当する——いや、ことによると、国会図書館にさえ収められていないような貴重な本までも、ここには収められているらしい。読書が趣味だという玖渚直の隔離場所としては、ちょっと優遇され過ぎという気もするが、そもそも体裁としての謹慎措置である、そのくらい優遇されて丁度いいのかもしれない。

まあ、その辺りの事情は人識の知ったことではない。問題は、この巨大な御殿のどこに、玖渚直がいるのか——である。

基本的に、玖渚直がこの建物から出ることはないらしい——いざとなればそれもありうるだろうが、形だけでも、謹慎措置のルールは有効に作用している（はず）ということだ。だから、直木飛縁魔——直木三銃士の誰とも遭遇することなく、どこかにいるのだろう玖渚直を見つけることができれば、それに越したことはない。無駄な戦いを避けられる。零崎一賊に『無駄な殺人』という概念はないが、今回、人識は零崎一賊の殺人鬼として動いているわけではない。

「あ、そっか……じゃあ玖渚機関の直系血族を見つけても、俺がこの手で殺すわけにゃあいかねえのか。あくまでも出夢の仕事なんだからな。とりあえず気絶でもさせて拉致って、その後出夢と合流って形かな……」

その辺西条に説明していなかったな、と人識は、廊下に敷かれた（土足で歩くことが憚られるほど上等な）毛足の長い絨毯《じゅうたん》の上を歩きながら、頭をかく。

いや、もしもそんなことを説明したところで、玉藻に理解できるわけもない——大体あの小学生は、今の状況さえ、どこまで理解しているのか怪しいものだった。

　飛縁魔の姿を想起するにおいて、出夢の言う通り、玉藻のことは縛り上げてでも体育倉庫に閉じ込めておくべきだったかもしれないと考えながら、とりあえず手当たり次第その辺の扉を開けてみようと、人識が目に付いたノブに手を伸ばしかけたとき。

　スラックスの後ろのポケットに違和感を覚えた。誰かに尻を撫でられたか、兄貴か、いやここに兄貴はいない、じゃあきっと出夢だと振り返ったが、そこには誰もいなかった。よくよく感覚してみると、単にポケットの中で携帯電話がバイブっているだけだった。

「あ、電源切るの忘れてた」

　映画館の上映中みたいなことを言いながら、人識は携帯電話を取り出す——と、そこで、そもそも自分は携帯電話など持っていないことを思い出した。校則で所有が禁じられているのだ。

　ではこれは誰の携帯電話だ？

　そもそもこんな山奥で、電波が届くわけが——

「…………」

　表示されている電話番号（にしては、何故かアルファベットが混じっていたが）にも心当たりがなく、しかしそのまま放置しておくわけにもいかず、とりあえず人識は通話ボタンを押した。

「……もしもし」

『その声』

と。

　携帯電話の向こうから声がする。

『零崎人識……くんですか？』

　男なのか女なのか、年寄りなのか子供なのか、まるで見当がつかない——老若男女《ろうにゃくなんにょ》織り交ぜたがごとき、合成音声。

　しかし人識は、その合成音声に聞き憶えがあった。

　そんな昔の話ではない。

　零崎軋識に連れられていった高層マンション、狂戦士・西条玉藻と初めて遭遇したその場所、そこで人識達を狙い撃ってきた『狙撃手』――いや、確か本人は、『狙撃手』ではなく『策師』と名乗っていたのだったか――

『あの娘はそこにいるのですか？』

合成音声――『策師』は、前置きもなくそんな質問を投げかけてきた。

「……ここにはいねえ」

迷いつつ、人識は答える。

周囲をうかがいながら。

「が、一緒に行動しているのは確かだ――なんだよ。西条が俺んとこに来たのは、ひょっとしてお前の作戦行動なのか？『小さな戦争』がどうとか、確か兄貴が言ってたな――」

『いえ、違いますよ――て言うか、あの娘《こ》、名乗っちゃってるんですね』

合成音声でありながら、なんだか気落ちした感じの声だった。

気苦労が溢れているように聞こえる。

『じゃあ、もうあの娘なんてまどろっこしい言い方をせず、玉藻って言っちゃいますけれど――零崎人識くん、玉藻から話を聞いていないんですね』

「あ？　まあ、聞いてるのは名前くらいだけど。あんたらのことも何も聞いてねえよ。別に興味もねえしな」

『まあ、あの娘がそんな当たり前の話をするとも思えませんが……どう言えばいいでしょうね。何度も連絡を取っていたのですが、ようやく繋がりました』

この携帯電話は玉藻のものか。

なるほど、そう考えればどうしてこれが自分のポケットの中に入っていたのか、得心《とくしん》がいく。おおかた、定期的にブルブル震えるこの機器を鬱陶しく思った玉藻が、背負われているときに（多分寝たまま）、人識のスラックスの中にこっそりと押し込んだのだろう。

『正直……、こんなことを頼める立場でないことはわかっていますが、零崎人識くん』

と、『策師』は言う。

時間に追われている感じの話運びだ。

『簡潔に説明しますと、玉藻は今、私達の組織を無理矢理に抜け出て、あなたのところを訪れている状況です。まあ、あの娘が珍しく他人に興味を持っているようでしたから、それなりに気をつけてはいたつもりなのですが——どうもあなたには、不思議な魅力があるようですね』

「やめてくれ。変な奴にばっかり好かれるってのは、俺にとっては真剣な悩みごとなんだよ。誰に話しても理解してもらえない悩みだけどな。くそ、いつかこの悩みを共有できる奴に出会ってみたいもんだぜ」

いませんよそんな人は、と、『策師』は言う。

『しかし、玉藻のことで悩んでいるのは、私も同じです。打ち明けた話、私達の属する組織はそれなりに厳しい戒律を有していましてね——今回の玉藻の行動が表沙汰になってしまうと、少し困ったことになるんです』

「困ったことって？」

『そうですね——学校で言えば、退学処分でしょうか』

不思議なたとえ話をするものだ。

わざわざ学校で言う必要がどこにあるのだろうと、人識は首を傾げた。

『ご存知の通り、玉藻は有能な人材ですからね——できる限り、じっくり育てたいと、私は思っています。十年計画くらいでしょうか。だからこんな時点で、こんな中途半端な時点で処分されてしまっては困るのですよ——私の今後の「策」にも支障を来《きた》します。できれば無傷で返していただきたい。そのためには、大抵の条件は呑むつもりですよ』

「……返して欲しいっつって、別に俺が拘束してるわけじゃねえんだぜ？　むしろできるだけ早く連れて帰って欲しいくらいだ」

『簡単に言わないでくださいよ——あの娘を連れ戻すのに、一体どれだけの兵力を裂かなければならないと思うのですか』

「漢字が違わないか？」

『あってます』

　あっているらしい。

　まあ、確かに西条玉藻を前にしては、大抵の兵力は『裂かれ』てしまうだろうが。

『大体、兵を動かしてしまえば、その時点で玉藻の脱走が表沙汰になってしまいますからね——あまり派手に動くわけにもいきません。一応、最低限の手は打っておきましたが——それよりも、あなたがそばにいるというのなら、あなたに玉藻を説得してもらうほうが早いでしょう』

「だから無茶言うなって。俺の説得に応じてくれるくらいなら、西条はもう、お前らのとこに帰ってる」

『気休め程度ですが、玉藻をハンドリングする方法があります——それをお教えしましょう。ただし、悪用はしないでくださいね』

「そんな方法があるなら、確かに今後のために知っておきたいところだな。……悪用？　どう悪用すんだよ」

『それは……そ、その、えと、え、え、エッチなことしたり』

「するか！」

　口ごもりながら言うな！

　女子中学生かお前は、と人識は突っ込んだ。

『策師』は、こほん、と咳払いをして、取り直す。

『では、零崎人識くん。現在の状況を教えていただけますか？　一体今、あなたと玉藻は、何をしているのです？』

「ああ」

　人識は頷く。

「『殺し名』序列一位、殺戮奇術集団匂宮雑技団の次期エース、匂宮出夢とチームを組んで、玖渚機関直系血族、玖渚直を殺害するために、直木飛縁魔をリーダーとする直木三銃士を相手取っているところだ」

『は……はいぃぃい!?』

思った以上のリアクションだった。

驚きの声がハウリングしている。

『匂宮雑技団？　玖渚機関？　直木飛縁魔？　直木三銃士？　ちょっと、それ、どういうこと――』

「あ、悪い、『策師』さん」

と。

人識は、ずっと廊下の左右を往復させていた視線を、右のほうに固定させた。視線のその先から――角を折れて、影が差したのだ。

この状況で差す影。

当然――噂をしたから差したのだろう。

ならば。

「五分後にまた連絡してくれ――それまでに片付けとくからさ」

相手の返答を待たず、人識は携帯電話の電源を切って、それをスラックスのポケットに戻した。同時に、今度はぬかりなく、学生服の袖口からナイフを取り出す。

左右に同種のアーミーナイフ。

最近入手したデザイン重視の二品だが、だからと言って切れ味が劣るというわけでは、勿論、ない。

人識にとっては切れ味こそが、刃物の醍醐味《だいごみ》だ。

「五分？」

人識のその言葉を反復しながら。

黒いパーカーの男は、姿を現した。不自然に背が高い、そして不自然に筋肉質な――とても不自然な男だった。

フードを被り、頭髪を隠し。

指抜きのグローブを装着している。

「五分で僕を倒すと言ったのですか？　中学生くん。だとすれば随分な思い上がりですね」

甲高い声で――男は言う。

ガラスを引っかくような声だ、と人識は思った。

「……とてもそうは見えないけど、一応確認しとくわ――あんた、玖渚直？」

「僕は直木泥田坊ですよ。直木三銃士のひとり」

言いながら。

男——直木泥田坊は、パーカーの内側より、己《おのれ》の得物を取り出した。十字に交差させた両腕の先のグローブには、リボルバーの大口径拳銃がそれぞれ、握られていた。

「二丁拳銃の——泥田坊です」

「……プロのプレイヤーが、ピストルを使おうってのかよ。俺が中学生だからって馬鹿にしてんのか？そんなもんが通じるわけがねえだろう」

「プレイヤーが拳銃を使ってはならないなんてのは、僕に言わせれば古い考え方ですよ。それを今から思い知らせてやりましょう。子供の教育は年長者の義務ですからね」

あくまでも甲高い声で——泥田坊は言った。

銃口をこちらに構えたところを見れば、どうやら本気で、そのリボルバー二丁拳銃で人識のことを相手にするつもりらしい。

「そうかよ」

と、人識は息をつく。

そして、唇を歪め、

「じゃあ俺も、あんたからのさっきの質問に答えてやるよ——確かに五分とは言ったが、誤解しないでくれ、別に五分であんたを倒すと言ったわけじゃねえ」

と言った。

「はい？」

首を傾げる泥田坊に、人識は続ける。

二本のナイフの切っ先を、あたかも銃口のように前方に向けて。

「五分であんたを——殺して解して並べて揃えて晒してやると、そう言ったのさ」

◆　◆

西条玉藻は現象である。

傭兵養成特殊教育機関澄百合学園総代表、萩原子荻でさえ彼女の心中を推し量ることはできず、その大雑把《おおざっぱ》な行動を予測するほかに手段がない。精神的制御を諦め、物理的制御に専念するほかに手段がないのだ。

たとえば今回、西条玉藻が何を思って学園寮から子荻を出し抜く形で抜け出し、そして人識が汀目俊希《よう》として通う中学校を訪れたのか、その真意は杳として知れない。

誰にも。

その真意は、本人でさえ知らない。

理由がないわけではないのだろう。

しかし、どんなことでも彼女にとっては何かをする理由にはなるし、またどんなことでも彼女にとっては何かをしない理由にもなる。確かに現在、玉藻は人識に執心している（ように観察される）が、それだって彼女にとっては、人識を訪ねる理由には成り得ないのだ。

元々は大企業会長の令嬢だった西条玉藻。

ゆえに当然、今のような特殊な学園には通わず、表の世界の私立学園初等部に通っていた時期も、彼女の歴史の中には存在する。

最初、彼女は不思議ちゃんと呼ばれていた。しかし三日後には、不審火ちゃんと呼ばれるようになった――いや、そんな些細なことを、いちいち玉藻が記憶しているわけもないが。

本人も既に忘れているような彼女の経歴を、そんなことをするわけもないけれど、たとえば萩原子荻が誰かに語ったとしたら、ならば今の西条玉藻の人格は拉致されたときに生じた精神的外傷によって形成されたのだと、多くの向きは判断するのだろうが、しかし決してそういうわけではないのである。

元々、彼女は崩壊していた。

意思が通じない。

意思を発しない。

拉致など、所詮はきっかけに過ぎないのだ。

だからいつからか、彼女はあくまでも人ではなく、そういう名前の現象なのだと考えられるようになった。言わば存在として地震や台風と同列で、それゆえコミュニケーションをとることは端《はな》から不可能である、と、そう結論づけられるようになった。

逆に言えば、持て余しながらも十年計画などと言って、子荻が玉藻を可能な限り手放そうとしないのはそれが理由だ——普通ならばとっくに社会から逸脱していてもおかしくない彼女がかろうじて崖っぷちにつま先を残しているのは、西条玉藻の常識では考えられない、それこそ地震や台風クラスの戦闘力ゆえである。

西条玉藻、推定年齢十歳。

零崎人識や匂宮出夢でさえ、その年齢のときには実戦に通用するような戦闘力を有していなかった——現状、人識と玉藻の戦闘力がおよそとんとんだとしても、それは年齢差を考えれば、玉藻のナイフ使いとしての壮絶さがわかろうというものだった。

西条玉藻は現象である。

だから彼女を視点人物にした一人称小説などおよそ成立するわけもないし、カメラワークとしては、彼女の行動をただただ、後ろから追っていくほかに選択肢はない。

別荘——三角御殿に到着し、人識、出夢と別行動を取ったところで、侵入口は窓に限らずいくらでもあるというのに、彼女がなかなか建物の中に入ろうとせず、ただその外周をゆらゆら歩いているだけだったその理由も、余人には窺い知れない——きっと本人にも窺い知れない。

もっとも、人識も出夢も、別行動を取ったところで、まさか西条玉藻が予定通りに動いてくれるとは考えていないだろう。ある意味で責任放棄にも等しい行為ではあった。

しかし。

彼らとて、ことここに至って、建物の中に入るどころか、その周囲をぼーっと歩き回った挙句に、まさか彼女が突然、排水用の雨樋《あまどい》を伝って、建物の外壁を登り始めるとまでは思いはしなかったはずだ。

クライマーもかくやというくらいに、昇り棒でも昇るかのように、すいすいと身軽に——忍者さながらに、結構な高さの壁をよじ登っていく。

三角御殿は七階建て。

玉藻が屋上にたどり着くまでに要した時間は、おおよそ三十分といったところだった。最後は跳ね上がるように回転しながら、屋根の上に着地する玉藻——すると。

果たせるかな、そこには。

ひとりの女が——立っていた。

強い風の中、結んだ髪を揺らしながら——しかしその体幹は微塵もずれることがなく、壁をよじ登ってきた玉藻に驚くこともなく、どころか、そんな彼女を待ち構えていたかのように、じっと見据えて——立っていた。

「直木三銃士がひとり——直木煙々羅。二刀流の煙々羅だよ」

彼女は。

バンデージを巻いた左右の手に一本ずつ構えた大《おお》太刀《だち》の切っ先で、文字を描くようにしながら——バランスの取りづらい屋根の上で、まるで舞うようにしながら、そんな風に名乗りを上げる。

フリルがふんだんにあしらわれた、結婚式の主役が着ていてもおかしくないような真っ白いドレスは、屋根の上にも、ましてやそんな二本の日本刀にもそぐわなかったが、しかし彼女——煙々羅は、それが自分のありのままの姿であると主張するように、佇んでいる。

一般人ならば両手でさえ持て余すような長さの、その二本の刀はもとより己が肉体の一部だと主張するように、彼女は、そもそも鞘を所持していなかった。

抜き身である。

煙々羅は不気味に笑んで、やや悪意さえこもった口調で、玉藻に対し、

「あんたが——」

と言う。

「あんたが唯一、飛縁魔さんの気配に気付いたんだってね？　散切《ざんぎ》り頭《あたま》の子供——ふふ、そんなあんたなら、ここにいるあたしの気配にも気付いてくれると思っていたよ」

玉藻は答えない。

聞いているのかいないのか、そもそもこの時点に至って煙々羅のことを認識さえしていないのか、この状況において、余所見《よそみ》さえしていた。

煙々羅はそんな玉藻の態度に鼻白んだように、

「おっと。シカトだよ」

と、息をつく。

「それとも、余裕なのかな——まあ、どっちでもいいんだけれどね。玖渚機関の直系血族の護衛だとか言うから、もっとスリリングな任務だとばかり思っていたんだけれど、これが結構暇でさ——暇潰しの相手をしてくれるって言うのなら、シカトされようが余裕ぶられようが、あたしは文句を言うつもりはないさ」

玉藻は答えない。

ただし、今度は煙々羅のほうを向いた。

そして、体操服の内側に手を突っ込んで、己が得物を取り出した——それもまた、抜き身のナイフだった。彼女は二本のナイフをサラシによって、ぴったりと身体にくくりつけていたのだ——いくら彼女でも、武器なしで澄百合学園から抜け出ては来られない。もっとも、そんなナイフの持ち歩き方をしていれば、転んだだけで失血死しかねないのだが——そんな常識は玉藻の前では悲しいほどに意味を持たなかった。

体躯に不似合いな、無骨で分厚い、大振りのナイフ。勿論、長さにおいては、煙々羅の持つ日本刀に及ぶべくもないが、しかしそのナイフの分厚さは、大太刀さえ凌駕していた。

どんよりとした目で。

うつろで、空洞のような目で。

それが。

それが、この物語の最中渦中において、他者との間に会話として成立した、西条玉藻の唯一の台詞だった。

西条玉藻は現象である。

ただし、忘れてはならない。

彼女は思考する現象だ。


玉藻は煙々羅を見る。

煙々羅はそれを受けて、

「じゃ、始めようか」

と言う。

「最初から全力でいくよ。あんたの正体は訊かないし、誰に依頼されたかも訊かない——プレイヤーとして、純粋に戦いを楽しみましょう。ふふ、言っておくけれど、子供だからって優しくしてもらえるとか、思わないでね」

「……やさしく？」

ぽつり、と。

玉藻は煙々羅の言葉を反復した。

変わらず、どんよりした目で。

うつろで、空洞のような目で。

煙々羅のことを——じろりと睨んで。

「いったいなにをいってるんですかあ？　こどもだからってやさしくしてくれるひとになんて……あたしは、あったことがありませんよう」

第三章

「強いって、どういうことですか?」

「それを考えなくなることだ」

◆　◆

「で、兄貴、どうするの？」

「どうするもこうするもねーだろ。こうなった以上、やれって言われたことはやるしかねーさ――素直に従うしかねーさ。結局のところ、どうしたって僕達はそうやって生きていくしかないんだから。そうやって生き延びていくしかないんだから」

「兄貴、最近遊び過ぎだったからねっ。目をつけられても仕方ないよねっ。でもそれって、逆に言えばあたし達が期待されてるってことだよねっ」

「それで慰めてるつもりか？　能天気でいいよな、お前は。けど、僕達は期待なんかされてねーよ――生まれからしてそうだしな。今だって、壮大で取るに足りない実験の最中でしかねえ。そもそも玖渚機関の直系血族を狙うなんて、普通に考えて零戦特攻以外のナニモノでもねーだろ。しかも相手は最近噂の直木三銃士だぜ？　フラグメントの連中は、この僕に死んで欲しーんだよ」

「あたしは兄貴に死んで欲しくないねっ」

「言わなくてもいいさ――言うまでもなく僕とお前は一心同体だ。お前が『弱さ』を担当し、僕が『強さ』を担当する。表裏一体の表と裏を引き剝がすことによって逆に生じる矛盾の無。個人的な話、断片集――フラグメントの連中なんざ、あと一年のうちにぶっちぎってやるつもりだよ。いつまでもぺーぺーの下っ端に甘んじているわけにゃいかねえ。次期エースとか言われて、いい気になってちゃいけねえんだ。さっさと今期のエースになる。そのためにも――今回のような嫌がらせは、さっさと乗り越えちまうしかねえよな」

「でも、兄貴、どうやって？　さすがに直木三銃士の三人をひとりで相手にするのはキツいと思うんだねっ――あたしの調査によれば、あの人達、特に直木飛縁魔って人は、そんじょそこらのプレイヤーとはクラスが違うんだねっ。その辺りは例の事情で判然としなかったけれど、多分、年齢から考えたら、五年前のあの『大戦争』にも、絶対に関与しているだろうし——」

「ま、僕達より上の世代の連中で、あの『大戦争』とかかわっていない奴なんざいねーだろーけどな。多かれ少なかれ」

「もうちょっと情報が集まればよかったんだけどねっ。時間がそもそもなかったねっ」

「その時間のなささえも『断片集《フラグメント》』の連中の嫌がらせのひとつだろ。やれやれ、疑心暗鬼になっちゃうぜ、こんなんじゃ」

「ねえ、兄貴——憶えてる?」

「あ? 何をだよ」

「あたしが生まれたときのこと」

「もう忘れちまったよ——ああ、嘘嘘、憶えてるよ。それまでの僕はぐたぐただったからな——それで随分救われたもんだったぜ。まあ、それこそお前が生まれてなけりゃあ、僕なんて失敗作中の失敗作——いや、そんな大袈裟に表現するまでもねえ、ただの失敗作だったろうからな。そういう意味でも、僕はお前の『弱さ』に救われてるわけだ」

「で、兄貴」

「うん?」

「どうするの?」

「……どうするも、こうするも——ねーんだろうな、やっぱり。一人じゃ厳しいってんなら、そうだな、人識くんにでも、手伝ってもらうしかねーんじゃねーか?」

「うん?」

「だから人識だよ——零崎人識。僕が遊び呆けていた理由の大半はあいつにこそあるんだから、きっちり責任を取ってもらうとしよう」

「……零崎人識って、殺人鬼の? 手伝ってもらうの?」

「三人をひとりで相手にするのがキツいっつーのがお前の判断なんだろ、理澄——だったら僕はその判断に従うまでだ」

「ふうん……」

「？　じゃ、あとは僕が終わらせとくからよ。お前はこの件に関する情報を、人識のことも含めて、脳内から消去しておけ。お前は何も知らない、無力な名探偵だ」

「あたしは何も知らない、無力な名探偵だ」

「何も知らない」

「何も知らない」

「僕が死んだときのことは、わかってるな？」

「兄貴が死んだときのことは、わかってる」

◆　　◆

人識が推測した通り、匂宮出夢の現在の心理状況は、緊張していると言うよりも慎重を期していると言うよりも、ただ躊躇していると言ったほうが正確だった。

そもそも失敗作として成立している出夢の精神は、酷く不安定で酷く脆《もろ》い——壊れやすく、基本的に最初から軸がぶれている。普段のハイテンションな躁状態だって、とても安定しているとは言えない、土台の不確かなものである——大体、女性としての肉体に男性としての精神が、しかも人為的にぶち込まれている時点で、どうしたってスムーズなメンタルではい続けられないのだ。原則として匂宮出夢という『彼』は、妹の匂宮理澄という『彼女』なくしては成立しない——正直言って、もしも『彼女』を失うことがあれば、自分がどうなってしまうのか、それは出夢自身にも、あるいは『断片集《フラグメント》』を含む匂宮雑技団の誰にだって、わからないのである。


加減というものがわからず、メーターが振り切れる。テンションがあがるのが止められない。

自分で自分が制御できない。

そもそも、制御しようという発想もない。

『強さ』に偏った出夢の精神。

精神が『強さ』に立脚しているのか、それともそんな精神だからこそ『強さ』の器としてあれるのか——それは定かではないが、しかし。

しかしそれは、緊張の理由や慎重の理由ではあっても——躊躇の理由ではない。

今——

三角御殿に侵入し、単身、廊下を歩んでいる出夢の精神状態が未だ躊躇の域にある理由は、その精神の未熟さに起因するものではなかった。

「…………」

不機嫌そうに。

苦虫を噛み潰したような顔で、周囲をそれなりに探りながら歩む出夢の心をかき乱すもの——かき乱す者は、殺人鬼。

零崎人識だった。

「……ちっ。くそ……なぁあああああんか、苛々《いらいら》するんだよな——」

もっとも、自分の精神を制御できない出夢にしては珍しいことに、その苛々の原因ははっきりしていた——いや、だからこその激しき苛つきだとも言えるのだが。

「……かっ」

力任せに壁を殴りつけた。

普段は拘束衣で封印している腕——殴られた壁は他愛もなく陥没する。出夢がその気になれば、この広大にして巨大な別荘でも、一日とかからず、ただのよくある廃材置き場と化すだろう。

そんな化物と呼ばれるに相応《ふさわ》しい出夢から見ても——『妹』の調査結果を窺えば、直木三銃士、中でも直木飛縁魔の実力は、確かに緊張や慎重には値するものである。

出夢が化物なら、飛縁魔は怪物だ。

実際に山道で、まるで自己紹介の如《ごと》く衝突してみて——その予感は実感へと変わった。

だがしかし。

「僕はいつから、他人に助けを求めるような人間になった……？」

言葉にならなかったことを――

出夢はここに至って、ようやく口にした。

気付いたのは、体育倉庫の中だ。

学生服に着替えて人識の通う中学校に忍び込み、彼に自分の意図、任務、そして現在置かれている状況を伝えたところで――

そして。

人識が、出夢の頼みを引き受けたところで。

はたと気付いた。

（あれ？）

（なんだこれ？）

と――気付いた。

きょとん、としてしまった。

ああ。

あのとき理澄が言いよどんでいたのは――このことだったのか、と。

が、しかし、呑み込んだ。

気付いたときには既に遅かった――助けを求めてしまい、そして人識が、それを引き受けたあとのことだった。

人識はほとんど迷いもしなかった。

即答だった。

面倒そうにしながらも――あの人のいい殺人鬼は、それが当たり前だと言うように、出夢の頼みを受け入れたのだ。

不覚にも、匂宮出夢は。

それを心地よいと――思ってしまったのだ。

「畜生」

その心地よさが――不快だ。

（僕はいつから――そんなに弱くなった？）

他人を本気で当てにするような。

他人を本気で根拠にするような。

他人に本気で助けを求めるような。

他人に本気で友情を求めるような――

そんな弱い人間になった？

なり下がった？

単身の身体に『強さ』という要素をこれでもかとばかりに詰め込み、溢れんばかりに凝縮した、それが匂宮出夢という存在であり、そして存在理由であったはずではなかったか？

他者を必要としない絶対者。

もしも儚《はかな》い自分という殺し屋に目指すべき道があるとすれば——それは、そのか細い一本の道のみだったはずだ。

それが何だ、あの分岐点は。

あの——三叉路《さんさろ》は。

基本的に軸がぶれている出夢の精神的支柱となれるのは、妹だけ、『弱さ』を担当する匂宮理澄だけのはずではなかったか。

「はずだったろうが」

もう一度、壁を殴る。

今度はもう少し強めに。


こうやって、本気で建物自体を破壊して、玖渚機関の直系血族をあぶりだしてやろうかと、少し真面目に考える。

そもそも、遊びだったはずだ。

零崎人識を、匂宮出夢は遊び相手として捉えていた——殺したり殺されたりしていないと精神が崩壊する運命にある殺戮中毒《ワーカーホリック》の出夢にとって、遊び相手とはつまるところ遊び道具という意味合いでしかなかったはずだ。

雀の竹取山で出会い。

まず、ふたりは殺し合った。

一回目は人識の勝ちだった。

それから間を置かず、二回目。

二回目の殺し合いは、出夢の圧勝だった。

だが、実際のところ、その二回目の殺し合いを行って以降は——本質的な殺し合いを、出夢と人識は行っていない。

そこからの殺し合いは、ただのレクリエーションだ。あるいは戦闘技術がまだ未熟な人識の訓練みたいなものだった。

だから。

じゃれあうような。

いちゃつくような、そんな甘ったるい殺し合いしか、経験していない。

出会って既に半年が経とうとしているのに。

事実上、たった二度しか、殺し合っていない……？

その事実は、出夢にとっては衝撃的だった。

気付いてしまえば——衝撃的だった。

大体、出夢の周囲に立って——出夢の遊び相手として認定されて、生き続けられる人間のほうが珍しいのだ。大抵は、すぐに殺されてしまうか——あるいは、逃げ出してしまうかだ。

人識は殺されていない。

これ自体はまあいい。

出夢にだって殺せない対象は存在する。

その認識は出夢にとってスタート地点でしかない——殺せない対象が存在しなければ、そもそも殺し屋という職業が存在する意味がない。

殺せないから、殺す。

あくまでもそれは規律だった。

だが——零崎人識は逃げてもいない。

出夢に対してぶちぶち文句を言いながらも、その生活を変えようともしてない——『殺し名』としても零崎一賊としても極めて例外的に、一般の中学校に通い続けている。出夢から逃げようとも、出夢を避けようともしない。

そんな奴は初めてだった。

どころか、出夢の殺戮的な欲求を満たしてさえくれる——人識と関係を持つようになってから、出夢は無意味な遊戯としての殺戮行動に出る機会が極端に減った。

それでも自分では何も変わっていないつもりでいた。

お気に入りの遊び相手。

お気に入りの遊び道具。

人識のことをそう認識していた。

そう認識していた——はずだった。

友情ごっこであり、恋人ごっこでしかなかった。

破壊衝動、殺戮衝動によって成立している自分自身が、誰かと絆《きずな》で結ばれることなどあり得ないと思っていた。

だから——気付いていなかった。

いつの間にか。

いつの間にか生じたその絆と——

己の弱さに。

「……ありえねえ」

直木三銃士？

直木飛縁魔？

玖渚機関？

それがどうした。

僕は追い込まれれば追い込まれるほど、燃える奴だったはずだろう——苦境にあって、逆境にあってこそ真価を発揮できる、狂気の殺し屋であったはずだろう。無茶な任務であればあるほど、やる気を出す愚か者であったはずだろう。

触れる者すべてを吹き飛ばすような。

常に——導火線に火のついた爆薬のような存在でありたいと、心から望んでいたはずだろう。

なのになんだ——この有様は。

お友達に助けを求めて——

命からがら、助かろうと？

なんて——普通だ。

何も狂ってない。

何もぶれていない。

それじゃあ——強さに寄せた意味がない。

強さに傾けた意味がない。

僕がそんなんじゃあ——理澄が。

理澄が報われねえ——

「…………」

それでも。

それでも、そこまで苛ついていても——その反面で、人識の協力、助力を、心地よいと感じてしまう自分は、消えやしないのだ。

断られると――思っていた、のだろう。

嫌がる人識を無理矢理連れてこようと、そんな風に思っていたのだろう――そんな風に、出夢は自身の心理を分析する。

しかし、人識はむしろ自主的についてきてくれた。

それが心地よくなくてなんだ。

ゆえに、適当な理由をつけて別行動を取りはしたものの――だからと言って、今からでも人識を追い返そうとは、思えないのだ。

そのほうが任務達成のためには有利という合理的な理由があるにはあるが――しかし、自分は合理よりも不合理を求める殺し屋だったはずなのに。

あの狂気は。

あの異常は。

一体、どこにいってしまったのか。

絆という拘束衣に、今、出夢は縛られてしまっている――このままでは遠からず身動きが取れなくなり、たとえこの任務を達成できたとしても、殺し屋としての先がないことは確実だった。そうなれば、失敗作の自分は処分される。

自分のことはまだいい。

それはただの自己責任だ。

知らないうちに情に溺れ、人に助けを求めるような人間になった自分が悪い。

しかし理澄が――妹が。

いや――そもそも出夢が『強さ』を失えば、『弱さ』に傾いている理澄は、誰に処分されるまでもなく、消失してしまうのではないか……？

「やあ、可能性」

と。

山道でそうだったように、唐突に――何の気配も何の前触れもなく。

直木飛縁魔は、現れた。

階段の踊り場である。

一階の探索をあらかた終えて、これから二階に上ろうとしていた矢先だった——山の中の一本道でもあるまいに、まるで出夢のルートを完全に読み切っていたかのように、飛縁魔はそこに立ちふさがっていた。

飛縁魔は。

相変わらずの手ぶらの、緩く温い態度で——出夢のことを、見下ろしていた。

「別行動を取っているんだね、賢明だ——ああ、一生懸命の懸命じゃないほう、賢いって意味の賢明だよ？　褒めてるんだ、勿論——」

「……上からものを言うじゃねえか」

出夢は。

まるで抱えている苛立ちをそのまま飛縁魔にぶつけるような口調で、そう言った。

「これも当然、階段の上からって意味じゃねえ」

「そう気を悪くするなよ、可能性。俺はこれでも人にものを教える立場の人間だから、知らず知らずのうちに口調が説教臭くなるのは勘弁して欲しいところだ。ま、もっとも——」

意に介した風もなく、飛縁魔は言う。

「お仲間のふたりは、既に俺の弟子達が捕捉したみたいだけれど。顔面刺青くんのほうは泥田坊……あの不思議な子のほうが、多分、煙々羅かな。くくっ……あの不思議な子は、俺が担当したかったものだけれどね」

「僕が相手じゃ不満だってか？」

「いや、そういう意味じゃないよ——噛みつくなよ、きみのほうがあの子なんかよりずっと強いなんてことは、見ればわかる。……個人的な感想だけれど、きみはもうちょっと自分の強さを隠すための努力をしたほうがいいね。そこまで強さをアピールしてたら、誰も油断してくれないよ？」

「いらん世話だ。僕はあんたの弟子じゃねえ、忠告なんて受けねえよ。しかし変わりもんだよな、あんたも——普通、この世界に生きる人間は、自分の力を他人に教えたがらないものなんだが——弟子なんか、取らないものなんだが」

「そんなものかね。自覚したことはなかったが」

「……油断ねえ。まあ確かに、あんたを前にしちゃあ大抵の奴は油断しちまうのかもな——どうやってんだ？　それ。強さを全然感じねえ——事前の情報がなけりゃ、そしてその情報に絶対の信頼が置けなきゃ、一回吹っ飛ばされた今でも、あんたが異様なまでに強いだなんて思えねえよ」

「異様なまでに強いなんて可能性はないよ——あくまで、そこそこ、さ」

言って。

踊り場から、階段を一段、降りてくる飛縁魔。

その態度には緊張も慎重も。

躊躇もない。

「あの不思議な子を担当したかったって言うのは、あの子のほうがきみよりも強いと思ったからじゃない——ただ、あの子のほうが高そうだと思ったからさ」

「高そう？」

「可能性が、ね」

飛縁魔は言う。

「殺気や闘気なんて曖昧なものじゃない——ましてや気配や、空気の流れなんてものでもない。俺そのものに、あの子は反応した。それは俺から見れば、とても面白い可能性だし——とても厄介な可能性でもある」

にこやかに。

穏やかに——飛縁魔は続ける。

「観察しておきたかったし、そして——場合によっては、確実に処分しておきたかった。子供を殺すのは寝覚めが悪いけれどね」

「寝覚めが悪い？　そんなタマかよ、あんたが——あんたは大した殺気を放たずに、平気で他人を殺せる人間だろうが」

「この世界に生きる人間としては、それはむしろ美徳だろう。純然たる殺意のみで人を殺す、零崎一賊でもない限りね」

「は」

たとえば。

今、ここで、飛縁魔の言うところの『顔面刺青くん』が零崎一賊の人間だと明かしてしまえば、飛縁魔はどんな反応を示すだろう――序列こそ三位だが、しかし『殺し名』の中においてもっとも忌避《きひ》される殺人鬼集団の人間が刺客に交じっていると聞かされれば、さすがの飛縁魔も動揺するだろうか。

動揺すれば、付け込む隙ができるだろうか。

出夢は考えて、その考えを捨てる。

恐らく何の効果もない。

集団としての零崎ならばともかく――個人としての零崎を恐れるようなメンタルの持ち主には見えないし、むしろその狙いが外れた場合、戻ってくるぶり返しが怖い。

決して――人識を庇おうとしているのではなく。

彼を売るような作戦に気乗りがしないのではなく。

あくまでも意味がないから――その考えを捨てる。

そうしたはずだ。

「しかし、だ」

出夢が黙っていると、飛縁魔は更に一段、階段を降りてきた。

「あの子の可能性は煙々羅が探ってくれるとして――きみはどうなのかな？　えっと……ああ、そう言えばまだ名前を聞いていなかったね」

「匂宮出夢だ」

人識の名は隠したものの、自分の名前については、出夢はあっさりと名乗った。促されたからではない――誇りを持って自分の名を名乗るのは、この世界においては礼儀みたいなものだ。その礼儀を無視する輩《やから》も決していないわけではないが――少なくとも出夢は、その点においては礼儀正しさを自分に強いていた。

「匂宮？　ふうん。匂宮雑技団か」

大して驚いた風もない。

予想していたのか——いや、たとえ想していていなかったとしても、きっとこの程度の反応しか得られなかっただろう。

飛縁魔は——精神がぶれないのだ。

一本、支柱が。

支柱ががっちりと、地面と嚙み合った状態で——立っている。

「なるほど、道理でその強さが人工的に見えるわけだ——きみは喜連川《きつれがわ》博士の作品なのだな」

「ああ？」

喜連川？

聞いたことのない名前だった。

それが表情に出たのだろう。

「おや」

と、言った飛縁魔のほうが首を傾げる。

「なんだ、きみは自分の生みの親の名前も知らないのかい——いや、生みの親というより育ての親……あはは、むしろ作りの親というべきなのかな」

「…………」

確かに、聞いたこともなかった——気にしたこともなかったが。

匂宮兄妹をこういう風に作った『誰か』は——匂宮兄妹や、それに『断片集《フラグメント》』が存在している以上、いて当然だ。

しかしそれは——個人のレベルで可能な話ではないだろう。飛縁魔の言い草では、まるで、その喜連川という人物が、大本《おおもと》の製作者であるかのようではないか。

「そりゃ違うよ」

出夢の疑問に、答える飛縁魔。

「ただ、システムを作ったのが喜連川博士だというだけだ——しかし年齢からすれば、きみはまだ殺し屋見習いといったところじゃないのかな？　直さま、つまりは玖渚機関の直系血族を殺そうというのに、それはまた手を抜かれてしまったものだ。きみが刺客団のリーダーなのだろう？」

「色々事情があんだよ、こっちにも——ややこしくてうんざりするような事情がな。それでもまあ、僕やら、『顔面刺青くん』やらを殺せば、直木三銃士の名もあがるぜ。その点については心配するな」

大して知りたくもない。

出夢は、自分の『作りの親』だというその人物のことはもう頭の中から排除して、飛縁魔を挑発するように言った。

「名をあげることに興味はないよ。俺はただ——可能性を探りたいだけだから。可能性を追究することだけが、俺の仕事なんだ」

ボディーガードという仕事は、あくまで副次的なものに過ぎない——と。

更に一段。

飛縁魔は階段を降りる。

徐々に——しかもさりげなく、距離を詰めてきている。

飛縁魔にとっては、既に戦闘は始まっているのだ——出夢にとってもそれは同様だったが、臨戦態勢に入らずとも戦場に身を置ける飛縁魔とは、やはり状況に対する認識が違うとも言えた。

華やかな強さと地味な強さ。

最初から立ち位置が違うのだ。

どちらのほうがよりよいかというような話ではない——しかし、この場合というシチュエーションに限定すれば。

どちらのほうがより有利かという話ではあった。

優位はなくとも——有利はあった。

「勿論、出夢くん。きみの可能性は認めるが——それでも、それにしても、思い上がりが過ぎるんじゃないのかな？　分散したのは賢明だけれど、この場合、俺を見つけた瞬間、きみは一目散に逃げるべきじゃないのかな」

「あとのふたりにゃ、そうするように言ってあるよ」

「きみだって例外じゃあるまい。だって、ついさっき、きみ達は三人がかりでも、俺になすすべもなく吹っ飛ばされたところだろう」

「ふざけんな。バレてねえとでも思ってんのか——ありゃ三人がかりでも勝てなかったんじゃねえ。三人がかりだったからこそ、勝てなかったんだろうが」

あえて、人識や玉藻には説明しなかったが——直後とは言わないまでも、飛縁魔が立ち去ってすぐに、混乱から回復してから出夢は、あの現象については理解していた。

あのとき、一体何をされたのか——理解していた。

飛縁魔が何をしたのか。

理解していた。

「あんたはあのとき何もしてねえ——僕達の力を受け流そうとも、違う方向へと逸らそうともしていなかった。ただ単純に——三方向から飛び掛かってきた僕達の力のベクトルを、そのまま『引き受けて』、互いに互いをぶつけただけだ」

出夢は、玉藻と人識を。

人識は、出夢と玉藻を。

玉藻は、人識と出夢を。

それぞれ——攻撃してしまっていたのだ。

何が起こったのかわからないはずである——簡単に言ってしまえば、うまく誘導されて、同士討ちをしてしまったようなものだ。

無論、ことはそう単純ではない。

自らを台風の目に配置するのは、裏を返せば、吹きすさぶ嵐の中に身を投げ出すようなものである——力の使い方、力の流れを知り尽くしていないと、およそできる芸当ではない。

「いやあ、基本的に俺は面倒臭がりなものでね。自分で力を出すのが億劫《おっくう》だから、きみ達の力を利用させてもらっただけだ——くくっ。だけどさすがに、ひとりが相手となると、そういうわけにはいかないか」

そう。

それこそが、別行動の本当の理由だ。

集団で襲えばその力の全てがそれぞれへと返ってくる――まるでフェアプレイのように、ダメージが振り分けられる。泥田坊や煙々羅ならばいざ知らず、直木飛縁魔を相手取るには単身で挑むのが正解なのだ。

そう。

そう。

決して人識と共にいるのが心地よく、自分を見失ってしまいかねないからなどというような、腑抜けた理由が――本当の理由ではないはずなのだ。

そんなことがあってはならない。

決して――口実などではない。

「力はね。そのまま可能性と置き換えることができる――まあ、左に振ったり右に振ったり、上に振ったり下に振ったり、前に振ったり後ろに振ったり――色々便利に扱わせてもらってるよ」

己が手法を看破されたというのに、まるでもとより隠すつもりなどなかったかのような振る舞いで、飛縁魔は微笑《ほほえ》む。

「だからこそ、俺は静かに強い――もっとも、俺自身に力がないということではないよ？　あくまでも出すのが億劫だというだけの話――それはこれから証明してあげよう。きみの肉体で」

「言い方がなーんかいやらしいんだよ、あんたは」

出夢は――そう言って、構えた。

体格に比して長過ぎる両腕を孔雀《くじゃく》のように広げ。

独特の構えを取る。

「殺戮は一日一時間――しかしこのあと、玖渚機関の直系血族を殺さなくちゃなんねーから、一時間、フルに使うってわけにゃあいかねえ。だけど悪いが、僕は今、かつてないほど苛ついてるんだ。こういう苛つき、こういう弱さはずっと妹が担当してくれるはずだったんだがな――今日ばかりはあんたに担当してもらうぜ、直木飛縁魔」

出夢が構えたのを見て。

しかし飛縁魔はあくまで構えない。

あくまでも当たり前に――まるでここが自分の家であるかのような気軽さで、階段を、降りてくる。

が。

踏み出した足が階段に接地するのを、出夢はもう待とうとはしなかった。怒号を上げながら――放たれた一塊《いっかい》の弾丸のように、階段を駆け上がり――飛縁魔の身体に突貫《とっかん》する。

「私は殺し屋、依頼人は秩序！　十四の十字を身に纏い、これより使命を実行する！」

「すれば？」

直木飛縁魔は。

ゆるく――出夢の言葉を、受け止めた。

◆　◆

同時刻。

三角御殿を見上げることのできる岩肌に到着したところで――その改造されまくったオフロードバイクのエンジンは、回転を停められた。

ライダースーツを着ることもなく、ヘルメットさえ被ることなく、リッターバイクでこの玖渚山脈の一本道を飛ばしてきたその女は、バイクから降りるや否や携帯電話――らしき通信機を取り出して、相手を確認したかと思うと、

「ええ、既に到着しているわ」

前置きも何もなく、そんな風に事務的な口調で報告した。

「大丈夫よ、もう大体の状況は把握しているから――それで？　私は誰を助ければいいのかしら？」

第五章

「人は死んだらどうなるのだろう」
「どうにもならなくなると思う」

◆　◆

『三銃士』。

原題・Les Trois Mousquetaires――言わずと知れたフランスの文学作品である。一八四四年に発表された、小説家、アレクサンドル・デュマの代表作。アレクサンドル・デュマは『椿姫《つばきひめ》』で有名な息子と区別するため、大デュマと呼ばれることもしばしばだ。

日本においても非常に有名なこの剣豪小説であるが――しかし、零崎人識と匂宮出夢は、そして西条玉藻は言うまでもなく、この名作の名前こそ知ってはいても、本文に目を通してはいなかった。

とは言え、それを不勉強と責めるのはあまりに酷《こく》だろう――彼らがアトス、アラミス、ポルトスという、元祖三銃士の名すら知らないことを責めるのは、そもそも『銃士』の意味さえ、ともすれば知らないだろうことを責めるのは、この場合、あまりに酷だろう。

年齢を基準にするまでもなく、現代の日本に『三銃士』の粗筋《あらすじ》を語れる人間がどれほどいるというのか――そもそも、未読の人間にさえその名が知れ渡っているからこそその名作なのだ。

だがしかし。

もしも彼らがほんの少しでも今回の件に関する勝率を上げたかったのなら、敵が三銃士を名乗っている以上、その源流となった小説を手に取っておくべきだったのかもしれない。少なくともそれは、飛縁魔、煙々羅、泥田坊という妖怪の名を調べるよりは有益な行為だったろう。

それは、何故なら――

◆　◆

零崎人識は苦戦していた。

「――くっ！」

銃弾をかわす。

直木泥田坊の二丁拳銃から放たれる銃弾をかわす――それ自体は何の難易度もない。プロのプレイヤーにとって、拳銃の弾など、本来は恐れるに足りないものだ。弾丸をかわす程度のことは、『殺し名』として取るに足らない必須スキルのひとつだ。少なくとも人識は周囲からそう教えられているし、またそう仕込まれてもいる。

そもそも、プロのプレイヤーがどうして火器類の使用をよしとしないのかと言えば、それは勿論、第一には美学に反するという事実が挙げられる。己の肉体と直《じか》に接続していない、換言すれば己の力を動力としない得物を武器とするのを潔しとしない――そういうことである。それは青臭い美学ではあるが、しかし裏を返せば、そんな美学でも胸に秘めていない限り、命を賭《と》して戦い続けることなど、人間にはできないのだろう。生半可でない世界には、生半可な美学が必要なのだ。中には闇口濡衣《ぬれぎぬ》のように、そんな美学など箸にも棒にもかけないような、ふてぶてしいにもほどがある神経を所有する逸脱者も一定数存在するが――第二の理由。

こちらのほうが、より重要である。

要するに、強靭な肉体と人並みはずれた感覚を有するプレイヤーにとっては、弾丸を打ち出すためにする動作は――銃を構えて、照準を定めて、引き金を引くというその動作は、ただの余計な手間でしかないからだ。拳を振り抜けば弾丸と同じか、あるいはそれ以上の威力を生むことのできる彼らが、あえてそんな武装をする意味はない。まして相手がそうしてくれるというのなら――そこまでのんびりと手間をかけてくれるというのなら、それはもう望むところというほかなかった。もたもたやっている間に弾丸の軌道は予想できるし、また、放った後に変更のきかない一方通行の攻撃など怖くもなんともない、単に避ければいいだけだ。零崎双識ほど殺気に敏感でなくとも、向き合ってしまえば、それは可能なことである。

まさしく必須スキル。

言いえて妙な言葉だった。

精々怖いとすれば、その射程距離だけだが――それもまた、多少の距離ならば一瞬で詰めることのできる彼らにとって、警戒すべきは相当のロングレンジでの攻撃ということになる。

だから少なくとも、こうして、絨毯の敷かれた廊下において、わずか数メートルの距離で向かい合うのであれば、二丁拳銃だろうが三丁拳銃だろうが、それが仮に百丁であったとしても、怖くはないはずだった。

人識はそう思っていた。

だが――しかし。

「どうしました、顔面刺青くん――逃げてばかりでは、勝負は埒《らち》があきませんよ！」

言いながら――泥田坊は引き金を引く。

大口径が火を噴く。

しかし、その弾丸は――人識を狙っていない。

人識を目標としていない。

ただ、人識の逃げ道を塞ぐだけだった。

「……っ」

逃げる方向を予測して、そこにあらかじめ弾丸を放った――というような話ではない。大して狙いもつけず、ランダムにその方位を塞ぐことによって、人識がその弾丸に反応し、逆の方向へと逃げるよう誘導しているのだ。

言わば銃弾を囮《おとり》として使っている。

(二手――)

(いや、三手先を読んで、動いている)

これならばいっそ乱射してくれたほうがありがたい――タイミングを見計らって進路を限定されるから、どうしても動きが単調になってしまう。集中力が乱されることはなはだしい。

もちろん、銃弾が囮ということは。

直後、それに劣らぬ本筋が——来る。

「行きますよ」

近距離。

二丁の拳銃を有しながら、ごくごく近距離にまで踏み込んできて——そして拳銃のグリップを握り締めたままの拳で。

その拳で、人識を殴りつけてくるのだった。

「……ぐうっ！」

(直木泥田坊——)

(こいつは、ガンマンなんかじゃねえ——)

こいつは、拳士《けんし》だ！

人識がそう気付いたときには、既に敵の術中、思惑のうちだった。

抜け出せないほど、深みに嵌《はま》っていた。

グリップを持った拳だけではない、当然、蹴りも来れば肘《ひじ》も来る。場合によっては拳銃を鈍器《どんき》として——グリップの底で殴りつけても来る。かろうじて急所は避けているとは言え、既に何発か食らってしまっていた——その一撃一撃が、とても重い。殴られた部分が、まるで焼けた刃物でも押し付けられたかのように熱い。

これが普段の戦闘ならば、一旦距離を取って仕切り直すのが通例だが、しかし今回に限ってはそうもいかない——距離を取ったところで相手は拳銃を使うのだ。

囮、陽動、牽制、補助としてしか使用していないとは言え——しかし、その弾丸に殺傷能力がないわけではないだろう。それに気を取られているうちに、あっという間に取った距離を詰められるのが関の山である。

(なるほどねえ)

(色んな戦い方が——あるもんだ)

人識は、そんなことを思いながら——近距離のまま、あえて退くことなく、泥田坊と攻防する。手にしていた二本のアーミーナイフは、とっくに捨てていた。刃物を帯びることで下手に動きが限定されて、拳士・泥田坊の動きに対応しきれないと判断したため、自ら手放したのだ。少なくとも、今の自分はまだ——泥田坊が拳銃を扱っているレベルで、ナイフを扱うことはできない。ならば少しでも身軽になっておきたかった。

「別に俺は兄貴と違って、武器を手放したほうが強くなるってわけじゃ、ねえんだけど、な!」

が、体術が不得手というわけでもない。

むしろ得意だ。

刃物を捨て、体術に集中してからは、泥田坊の猛攻を一応のところ、人識はかわしきっていた——このあたりは零崎一賊の鬼子としての、面目躍如《めんもくやくじょ》である。もっとも、これはここ半年ほど匂宮出夢と続けてきたレクリエーションの成果と言えなくもない——出夢との関係を通じて、確かに人識の戦闘能力はここ最近、格段に跳ね上がっているのだ。

とは言え、苦戦には違いない。

現状、何とか凌《しの》げてはいても——いつまでもこの状況が続けば、ジリ貧《ひん》には変わりなかった。体力のパラメーターは、贔屓目《ひいきめ》に見ても、体格・年齢的に、自分のほうが低い。打開策がない限り、このままでは人識に勝ちの目はないのである。

圧倒的な暴力によって押しつぶされるのとはまた違う意味で、嫌な状況だ。と言うより、泥田坊が故意にこの状況を作り出しているきらいがある——敢えて人識を追い詰め過ぎないよう、一歩引いた戦闘を心がけている風に見える。

踏み込んで来ない。

だからと言って、安全に勝とうとしているわけでもなさそうだ——安全を求めているというより、これは、競り負けるリスクを冒してまで、確実に勝ちに来ている感じだ。

「僕の名前は、まあ勿論、あの有名な妖怪を元にしているんですけれどね——」

と。

ラッシュをかけながら、まるで人識の心を読んだかのように、拳銃使いの拳士は言う。

「妖怪の属性と言うよりはむしろ、確実に百パーセント、あくまでも絶対の勝利を求める、その泥臭い姿勢から名付けられたものなんですよ——直木泥田坊！」

「かっ……俺らの世代じゃあなあ——駄洒落っつーんだよ、そういうの！」

あと一歩。

泥田坊が踏み込んで来ないその一歩を、こちらから踏み込んでいくことができれば、近距離戦でありながら、あたかも壁一枚隔てて戦っているかのような嫌な感覚からは、最低限逃れることができるはずなのだが——向こうがこんな、人識から見ればふざけているとしか言いようのない戦い方をしてくるようでは、その一歩があまりに遠い。

せめて拳銃のことがなければ、ただの体術勝負であれば、人識とてあと一歩踏み込むことができるのだが——

（と、なると——）

（やっぱ弾切れを待つしかねえか）

泥田坊に気取られないように、人識はそう決意する。

回転拳銃が二丁——一般的に回転拳銃の装弾数は自動拳銃に比べて少ない。それでも泥田坊が自動拳銃ではなく回転拳銃を使用しているのは、回転拳銃のほうが故障が少ないからというのが理由だろう。拳銃を打撃武器としてまで使う関係上、メンテナンスの手間は少ないに越したことはないのだ。

まあ、あくまでもそれは推測で、ひょっとしたら、あるいは他に理由があるのかもしれないが——とにかく、直木泥田坊の拳銃は左右ともに、装弾数は六。シリンダーがむき出しになっているタイプだから、これは断定できる。

合計で十二発。

泥田坊がこれまでに、そのうち何発まで発射したかを思い出す——記憶力にさほど自信があるわけではないが、落ち着いて考えれば、思い出せないようなことではないはずだ。

人識は攻防を続けながらも、記憶を探った。

いち――に――さん――

……四？

「うぇ……まだ半分もいってねえのかよ」

泥田坊の拳をガードし、しかしその衝撃が身体の内側を通過していくのを感じながら――人識はうんざりしたような気分になる。

十二引く四は八。

あと八発――泥田坊に撃たせて、しかも、その囮や誘導の後に来る本物をも、かわし続けなければならない――

「できるわけねーだろ、そんなこと――いくらなんでも傑作過ぎるだろ！」

零崎人識は――苦戦していた。

◆　◆

一方、西条玉藻は苦戦していなかった。

そもそも、玉藻の場合は人識とは最初の前提が全然違う――彼女の内側には、苦戦という概念がそもそもない。齢《よわい》十歳にして狂戦士の資格を得ている彼女にとって、『苦しい戦い』『苦い戦い』――苦戦など、概念としてありえない。

狂戦士。

読んで字の如く、玉藻は戦いに狂っているのだ。

言い換えれば、玉藻は戦闘に愛されている。

戦闘の神に、熱狂的かつ偏執的に愛されている。どれほど鍛錬を積もうと、どれほど努力を重ねようと、その領域だけは、入ろうと思って入れる領域ではない――才能などという言葉で言い表すことを生温く感じるほどに、選ばれた者の領域なのだ。

殺人鬼・零崎人識や殺し屋・匂宮出夢――あるいは策師・萩原子荻、人類最強・哀川潤や、今後誕生することになる人類最終・想影真心《おもかげまごころ》でさえ、その領域の住人ではない。

彼ら彼女らとて、苦戦は経験する。

苦しく——苦い戦いはある。

だからこその殺人鬼で、だからこその殺し屋で、だからこその策師で、だからこその人類最強で、だからこその人類最終だ。

玉藻にはない。

玉藻には、苦しさも苦さもない。

選ばれた者の領域。

あるいは。

選ばれなかった者の領域。

それは——まさしく猟奇の領域である。

西条玉藻にそんな概念があるかどうかは怪しいが、もしも彼女に生き甲斐というものがあるとすれば、それは戦闘以外にはあり得ない。殺意とも、殺戮中毒《ワーカーホリック》とも違う——殺すとか殺さないとかは、玉藻にとっては二の次だ。

要するに。

玉藻は戦いならば何でもいいのだ。

だから、苦しくも苦くもない。


いつも通り——場所がどこだろうと相手が誰だろうと、いつも通りにいつものようにするだけだ。

三角御殿の屋根の上だろうと。

相手が直木煙々羅だろうと。

いつも通りにいつものように。

ずたずたに——切り刻むだけ。

「ゆら——ゆうら——ゆ・ら・りぃ～い！」

勿論、と言うべきなのか。

技量においては、煙々羅のほうが勝《まさ》る。

圧倒的に勝る。

玉藻の二本のナイフを、二本の日本刀で確実に受ける——しかし、それでもどこか、煙々羅の防戦一方な印象はぬぐえなかった。

「くっ——ああ、もうっ！」

事実、煙々羅は苛立っていた。

その苛立ちは確実に表情にも表れている。

「なんでそんな——気持ち悪い動きなんだよ、あんたはっ！」

直木煙々羅。

煙々羅というのも泥田坊と同じく妖怪の名だが――彼女の場合は、あたかも煙の如く、つかみどころのない刀の動きで対戦者を翻弄《ほんろう》するそのスタイルと、如何なる場合も悠然と構えたそのメンタルに基づいた命名である。

二本の大太刀を得物として扱いはするものの、しかし、それでいて煙々羅もまた、あくまでも剣士ではなく拳士である。泥田坊と同じく――得物は牽制として、囮として。

敵の動きを制御するために使用するのだ。

なのに。

「ゆらり――」

その刀の動きをかいくぐり――否、かいくぐろうとさえせず、玉藻は踏み込んでくる。人識が泥田坊相手に踏み出せずにいる一歩を、一歩どころか三歩目まで余裕で踏み込んでくる。銃と剣という、相手にする得物の種類の違いもあるが――しかし、決してそれだけではない。

そもそも玉藻は。

刀の動きはおろか――恐らく、煙々羅の動きさえ、認識していない。

彼女が狂っているのはあくまでも戦いのみであって――戦う相手を愛しているわけではないのだ。相手が誰であろうと関係ない――いや、勿論例外は存在する。

零崎人識は、きっと玉藻にとってはそうなのだろうし――それに玉藻は、直木飛縁魔には、反応した。萩原子荻のことも、基本的には個人として認識している。

だが。

その例外には、煙々羅は含まれないのだ。

その事実が、煙々羅のプライドを刺激するのだろう――彼女の苛立ちは加速するばかりだった。煙にたとえられる普段の飄々《ひょうひょう》とした彼女の精神は、既にそこにはなかった。

「――その……変な動きを今すぐやめろっ！　軟体動物か、あんたはっ！」

加えて、相性の悪さもある。

煙々羅が煙の動きなら――玉藻は霧の動きである。つかみどころがないだけでなく――じっとりと、染み込むように、吸い付いていく。気が付けば、身体中にまとわりついている。

蒸着し。

結露する。

動きのバリエーションが煙々羅の――と言うより、人類のそれを遥かに凌駕していた。

関節の駆動域が、明らかに異常である。

筋肉がそんな風に動くわけがない。

慣性の法則を無視している。

見てもいない方向に、あり得ない方向から攻撃が来る――大太刀で動きを誘導しようにも、その動きがまるで読めない。

肉体が完成していない未発達の子供のことである、攻撃の手段はナイフに限られる、拳や蹴りの心配はしなくていい――はずなのに、どうしてこうも、攻撃が多彩なのか。

むしろ玉藻のようなメンタルの持ち主ならば、その動作は単調になりそうなものなのに――まるでナイフが本体で、玉藻の肉体がその付属品のようだ。

『武器が身体の一部』どころの話ではない、その向こう側に達している。

「ちっ――」

まるで自動機械のように、間断なく休憩なく、玉藻から繰り出される攻撃を捌《さば》きながら、煙々羅は舌打ちする。

「――こんなことなら、素直に師匠に任せておけばよかったよ――だけど！　あたしも直木三銃士の一角を担う者――簡単に勝たせてなんかあげないんだからねっ！」

「…………？」

玉藻は煙々羅の言った言葉の意味がわからなかっ

たのか、軽く（おかしな方向に）首を傾げて、そして変わらず、ナイフを振るい続けた。

が、このとき、煙々羅は勝利を諦めたのだ。

あっけなく。

そしてその代わりに――この厄介な少女を、できるだけ長く、この場に引きつけておくことを決意したのである。

泥田坊とは違う――泥臭く勝利を求めたりはしない。飛縁魔から叩き込まれた戦い方こそ基本的に同じだが、煙々羅が求めるのは結果だけだ。見据えているのは、勝敗のその先である。

時間を稼ぎ。

他の戦いを優位に運ばせ。

引き分けて――そして援護を待てばいい。

「泥田坊は勝ちたい――生き残りたい。そしてあたしは、負けたくない。死にたくない」

言っていることは同じでありながら――しかし、そこには明確な差異があった。

「……ゆらぁり――ずたずたに」

玉藻は、それでも構わず。

それでも変わらず、ナイフを振るう。

ナイフ自身に意志があり――彼女自身に意志がないかのように。

しかし明確な彼女自身の意志で。

「ずたずたに。ずたずたに――」

西条玉藻は苦戦していない。

しかし、長い戦いになりそうだった。

◆　◆

五発。

六発。

七発目——までは順調だった。

何とか、目論見《もくろみ》通りに、泥田坊の弾丸を消費させることに成功した——しかしその辺りで、さすがに相手も人識の思惑に気付いたようだった。

(まあ、取り立てて独創性のあるアイディアでもない——)

多分、これまでに泥田坊相手に同じ対策を仕掛けてきた者も決して少なくはなかっただろう——むしろ何とか半分以上まで持ってこられただけ、めっけものと言うべきだった。

「二丁拳銃のデメリット、と言えば——まあ色々あり過ぎて、だからこそ現実にはそもそも二丁拳銃の人間なんて僕以外にはそうそういやしないんですが、代表的なものは、リロードができないということなんですよね——」

泥田坊は言う。

容赦なく、人識に攻撃を加えながら。

打ち込み——撃ち込みながら。

「——しかし僕には、リロードなど必要ありません。十二発の弾丸のうちに、あらゆる敵を打破できる自信があるからです。まあ、拳銃をサブとして使用するからこその自信とも言えますが——実際ね、顔面刺青くん。僕に十発以上、弾丸を使わせた敵はいないんですよ」

「そうかよ、しかしな——」

受けて。

泥田坊の攻撃を受けて、捌いて——そして人識は右側から回り込むようにして、そしてその場にしゃがみ込む。

泥田坊の死角に入ったのだ。

「——撃ってこないとわかってんなら、こっちにも攻撃の仕様があんだよ!」

「誰が撃たないと言いましたか?」

死角からの攻撃を狙った人識に、あっさりと銃口を向け、あっさりと引き金を引く泥田坊。

大して狙いをつけてもいない。

人識の行動を制限する、壁としての——一発である。

点でありながら面。

面でありながら立体。

それが直木泥田坊の弾丸だった。

ぎりぎりでかわす——学生服を掠《かす》めたが、何とか被弾は免れた。もしも自分が銃弾によって命を落とした、そうでなくとも怪我をしたとなれば、零崎双識や零崎軋識にどれだけ笑われるかということを考えると、学生服を掠めただけでもぞっとするものがあったが——

「て、てめえ!」

「今ので八発目。まだ四発も残っていますよ、顔面刺青くん——大変ですね、大童《おおわらわ》ですね、大忙しですね」

「…………っ」

駆け引きにおいては自分が劣る。

それは認めざるを得なかった。

たとえ残弾数が減っていったところで、結局、こうもいつ撃つかわからないという状態を維持されてしまえば、その装弾数は実際的に無限と何ら変わりない。

警戒を解けない以上。

人識の行動は制限されているのだ。

「だらっ!」

弾丸を避けた勢いをそのまま殺さず、人識は後転するように、泥田坊の身体から離れる——距離を取ることで、わざと撃たせようという作戦だったが、しかしさすがに、そんな見え見えの誘いには乗ってこない。

が、それでも緊張感は保たれたままだ。

見えない壁は、既に実感できるほどの圧力を伴って、人識を取り囲んでいる——包囲網は着実に構成されつつあった。

兄貴ならば。

マインドレンデル——零崎双識ならば、それでも、この状況でも、きっと拳銃なんて問題にもしないんだろうな――と、人識は自嘲する。

「大将でもそうだろう――曲識のにーちゃんなら、そもそもこんな状況にさえ陥らねえんだろうなあ、やっぱり」

しかしそんなことを考えても詮《せん》がない。

双識も軋識も曲識も、この場にはいないのだ。

出夢や玉藻の助けも期待できない。

ならば――自力で打開するしかないのだ。

「……あっれえ？　大体、どうして俺は、こんな山奥の別荘でわけのわからんガンマン気取りのにーちゃんと戦ってるんだ？　確か俺って、普通の中学生やってるはずじゃなかったっけ？」

「とぼけたことを言いますね――きみのどこが普通の中学生なのですか？」

泥田坊は、拳銃を適当に構えたままで――引き金に指をかけたままで、ずんずんと大胆に、しかしあくまでも慎重に、人識との距離を詰めてくる――まるで人識を休ませるつもりがない。

わかっている。

別に休むつもりもない。

「大体、顔面にそんな刺青を施した中学生なんて、そうはいませんよ」

「あ？　ちげーよ。この刺青にはすげー格好いい由来とかがあんだよ。ごちゃごちゃ口出しすんじゃねえ――伏線が台無しだろうが」

「それは失礼。しかしその伏線はきっと、回収されないままに終わるでしょう」

「はっ――かはは。まあいい。どうせもうすぐ卒業だしな――高校からはブレザーなんだ。トレードマークみてーに、後生大事《ごしょうだいじ》にこんなもん着ててもしようがねえ」

ネクタイの締め方を憶えなきゃな、と。

そう言って人識は――無理矢理、引きちぎるようにして、着用していた学生服の上着を脱ぎはだけた。ボタンが廊下の上に飛び散るが、毛足の長い絨毯ゆえに落下音はしない。

学ランの下は長袖のTシャツである。

本来ならば校則でカッターシャツを着なければならないと決まっているのだが、そんなものに縛られる人識ではなかった。

ぐるり、と、両腕を肩から回す。

「これでちょっとは動きやすくなった――はずだろ。なるほど、出夢の言う通りだ――肩と首が動かしよい。というわけだ、見ての通り、悪いがこっからは限定解除で行くぜ、泥田ぼ何とかさんよ」

『『う』くらい憶えたらどうですか?』

学ランを脱いだ人識に、まるで臆することなく、近付くペースを変えることもなく、余裕で笑いかける泥田坊。

「そんな服を脱いだくらいでパワーアップしたつもりになるとは――片腹痛いですね!」

「じゃあもっと痛い目に遭わせてやるよ! 片腹と言わず、全身くまなくな!」

人識は言って――横に跳んだ。そして壁を蹴って、反対側の壁へと跳ね返る。そしてそのまま、無理矢理な姿勢で、近付いてくる泥田坊へと――飛び掛った。

「なるほど、確かに多少素早くはなった――しかし、予測できない動きではありませ――」

「じゃあ、これも予測できたのか!?」

叫んだ人識の右手の内には。

細身のナイフが――握られていた。

学ランの裏側に仕込んでいた、予備のナイフ。今回、出夢の任務を手伝うにあたって、念のために仕込んだ一本だったが――普段そんな真似をしたことがなかったので、今の今まで、その存在を忘れていたくらいだったが。

しかし、それが逆にフェイントになったはず。

動きで泥田坊を攪乱《かくらん》できないのならば、行動で攪乱するしかない――人識はそのナイフを、飛びながら、スローイングした。

急所に刺さらなくてもいい。

身体のどこかに突き刺されば。

いや、いっそ刺さらなくとも、それこそ彼が放つ弾丸のように、泥田坊の動きを封じる壁となれば——ナイフに遅れて辿り着く人識が——隙のできた泥田坊を討つことができる！

「予測はできませんでしたけれど」

しかし。

泥田坊は口調を変えずに言った。

「けれど、そういうときは普通に撃てばいいだけです」

ばん。

ばん。

左右同時に——そして、泥田坊は、引き金を引く。狙いを——定めて。

弾丸のひとつは、ナイフを弾く。細身のナイフは抵抗のすべもなく、あっさりと軌道を変えて——回転しながら、彼方へと吹き飛ばされていった。

そしてもうひとつの弾丸は——人識の身体を貫いた。

Tシャツに穴を開け。

貫通の衝撃で、泥田坊に飛び掛っていたはずの人識の身体は勢いを相殺《そうさい》され、発射点とした壁に全身を叩きつけられた。

弾丸を食らったのは初めての経験である。

だから、その全身が痺れるような感覚に、咄嗟《とっさ》にはどこを撃たれたのかわからない——致命的となるような部位なのか、それとも。

とりあえず思考できるということは、頭を撃たれたわけではないはずと、人識は自分の身体を確認した。

流血しているのは——腹部だ。

右脇腹の辺り——ダメージの度合いまではわからない。強く殴られたような衝撃が、今も反響するように続いているが、何分《なにぶん》初めての体験なので、果たして内臓が損傷しているのかどうか、それさえもわからない。

いや、今はそんなことどうでもいい。

（くそ——）

（あの状況で、動揺どころか、驚きさえしないとは——）

所詮は中学生の浅知恵ということか。

こっちが三手先を読んで行動すれば、あっさり更にその二手上を行く。これは完敗というほかない――

（いや、まだ負けてねえ――）

まだ。

即死していない今、当然来るであろう泥田坊からの追撃に備えなければ――今の二発で、本人曰《いわ》く未到らしい十発の弾丸に達した、けれどそれでもまだあと二発、弾丸は残っている！　しかし、物理的に身動きが取れない今、どうやってそれをかわす？

今の状況は、見えない壁どころか――見えない杭で磔《はりつけ》にされているようなものではないか？

人識は苦笑のような表情を浮かべて――それでも笑いながら――泥田坊のほうを向いた。

「…………っ!?」

仮に。

仮に、これが五年後の零崎人識であったなら――己の腹部を撃たれていようが砕かれていようが、すぐに疑問に思ったことだろう。

どうして腹部なのか、と。

囮でも何でもなく、今の場合の泥田坊は、普通に狙いを定めて人識を撃ったはずだ――できる限りの奇を衒《てら》おうとした人識には、その弾丸を避けるすべがなかった。

なのに。

なのにどうして――彼は心臓や頭部を、撃たなかったのだろう？　勝負を決められる局面で、決めに来ないなど――確実な勝利を欲する泥田坊にはありえないことだ。

咄嗟に狙いをつけ切れなかった――はずもない。

もしもそうだったとしても、ならば続けて引き金を引けばいいだけのことだ――あの状況において、弾丸を節約する意味はなかろう。

二発と言わず、四発全てを撃ち切れば――それでよかったのに。

が、今の零崎人識は――そこまで思考が及ばない。

ただ漠然と泥田坊を見。

そして——ひとり。

ひとり、見えない何かに両腕をねじりあげられている彼の姿を——視界に捉えたのだった。

「え……？」

「ぐ……ぎぎぎぎぎ」

苦悶の表情を浮かべている泥田坊。

無理もない、明らかに不自然な方向にまで腕がねじれている——確実に骨が折れてしまっているだろう。しかもそれは、どうしようもなく不可逆的な折れ方だった。

銃口は完全に天井を向いている。

そして両腕だけではない——泥田坊はその全身をも、見えない何かに拘束されてしまっているようだった。その姿に、人識はコロネパンを連想した。

その姿勢のまま。

泥田坊はぴくりともしない。

いや、ぴくぴくと痙攣《けいれん》こそしているが——しかし、爪先立ちの姿勢のままで、膝が崩れもしない。

見えない何かに、上方から吊り上げられているようだった。

見えない何か。

見えない壁——でもなく。

見えない杭——でもなく。

それは、見えない『糸』だった。

きらきらと。

窓から入る星光に、その糸が——かすかに反射して、目視できる。が、その目視も、瞬きすれば再び見失ってしまうほど頼りないものだった。

しかし、頼りないほど細く。

しかし、それでも——強靭だった。

とてつもなく強靭だった。

直木泥田坊を完全に拘束できるほどに、強靭だった。

「ごめんね——ちょっとだけ間に合わなかった」

と。

人識の背後から、声がする。

「でもまあ――その傷もすぐに縫ってあげるから、安心して。もしも内臓が取り返しがつかないほどに損傷していて手遅れだったら、ちゃんと安楽死させてあげるし」

振り向けば、そこにいたのは――見憶えのある女だった。

スーツ姿の――糸使い。

極細の糸を五体のように駆使し、遠距離戦、あるいは室内戦においては間違いなく最高ランクに位置づけられる『糸使い』――市井《しせい》遊馬。

人識とは雀の竹取山で会っている。そのとき、人識は遊馬のことを、玉藻の指導員か何かだと認識した。

もっとも、その際、遊馬は『ジグザグ』という字《あざな》でしか名乗っていないし、また、自身が子荻や玉藻が所属する澄百合学園という組織の教職員であることも話していないが――ともかく。

遊馬は黒い手袋を嵌めた両手を、コンダクターのように振る。するとそれと連動するかのように――泥田坊の身体が、締め上げられた。

いや、連動するかのようにも何も――直に連動しているのだが。

単に、その間を繋ぐ『糸』が見えないというだけで。

不可視の糸。

不可視の力。

「だ、誰ですか、あなたは――」

泥田坊が苦しそうに呻《うめ》くが――しかしそんな声もすぐに途絶える。見えない糸が、彼の首と舌を絞めたのだ。

きゅ、と。

「私はジグザグ――ああ、あなたは名乗らないでくださいね。もっとも名乗れやしないでしょうけれど――私は殺す相手の名前を、なるべく知りたくないんです。……そもそも、殺人は肌に合わないんですよ」

ぎゅ、と。

言いながら──遊馬は、その手を握り締めた。

泥田坊の首を絞めていた『糸』が──そのまま、食い込んだ。

それだけだった。

ただの『結んで開いて』という実に単純な動作で、最低限の労力で──直木泥田坊の命は、一滴の血さえ流されることもなく、この世界から切り取られた。

ろくな効果音もなく──切り取られた。

静かな。

(何て静かな殺し方だろう)

ただ、そうとだけ──人識は思う。

あの直木飛縁魔と同じ──静かな強さ。

強いと思わせない強さ。

それを目の当《ま》たりにした気分だった。

「お待たせしました、人識くん」

まるでクールに、泥田坊のことなど気にかける風もなく、ずるずると床面にへたり込んでしまった人識のところへと歩み寄ってくる遊馬。

「ああ、運がいいわね──多少、大腸の表面を傷つけた程度みたい。大口径の拳銃だったのが逆によかったらしいわ、綺麗に貫通している。これなら大仰《おおぎょう》な外科手術の必要はないでしょう──普通に縫合《ほうごう》だけしておくわ。傷跡も残らないように綺麗に縫ってあげるわよ」

「……便利なスキルじゃねえか」

ジグザグ、と。

自分と関係ないところで、どうやらこの戦闘は終結してしまったらしいことを渋々ながらに理解して、人識は「やれやれ」と、大きく嘆息した。

そしてせめて自分だけは気にしてやろうとばかりに、見えない糸に吊るされた直木泥田坊の抜け殻を横目で窺いつつ、

「あの『策師』だか何だか言ってた奴が打った最低限の手ってのは、あんたのことか」

と言った。

「やっぱ繋がってたんだな——あの『狙撃手』と、雀の竹取山の件は。兄貴の推測通りだ」

「今はどうでもいいでしょ、そんなこと——大体、よく考えて発言したほうがいいよ？　今のきみなら、私でもあっさり殺せるんだから——ていうか、放置してたら殺すまでもなく出血多量で死ぬよね、これ」

「……別に今に限定しなくとも、普段の俺でもあんたにゃ勝てる気がしねーな。『糸使い』——はっきり言って、舐めてたよ」

「大丈夫よ、そんなおべんちゃらを言わなくとも、私はきみを見捨てやしないわ——きみのところの一賊に逆恨みされたくはないからね。今回のことは、お互い、なかったことにしておきましょう。これはきみを信頼してのお願い、ね」

「……傑作だぜ」

にこりともせず独り言のように言う遊馬を、人識は短く、そう受ける。そして遊馬が傷口を縫合しやすいように、シャツをまくりあげ、腹筋を露出させた。

「しかしそれにしても随分と早いご到着じゃねーか、ジグザグよ。あの変な携帯に電話があってから五分も経ってねえぜ」

『策師』に対して五分したらかけ直してくれと言ったことを思い出しながら、人識は言った。

「元々、私は別ルートで西条さんを追っていたからね——位置を聞いてからここに来たわけではないわ。たまたま、よかったのか悪かったのか、タイミングはかち合っちゃったみたいだけれど。……ところで人識くん。西条さんはどこかしら？」

「別行動中でな、どこに行ったかなんて知らねえよ。大体、西条のことが気になるなら、俺なんか助けてる場合じゃねえだろ。さっさとあっちを助けに行ってやれよ」

「きみを見殺しにしたら西条さんの機嫌を損ねかねないからね——それに私は、西条さんを助けに来たんじゃないわ。連れ戻しに来ただけよ」

「あ？　なんだそりゃ、一緒じゃねえのか？」

意味がわからないというように、遊馬に怪訝な目を向ける人識——それに対して、遊馬はやんわりと、肩を竦める動作をした。

「あの子に助けなんて必要ないわ……私やきみなんかとは、まるで違ってね」

◆　　◆

ジグザグこと市井遊馬は、当初、萩原子荻からの協力要請を受けたとき『少し意外だ』という感想を持った。勿論、萩原子荻は中等部一年生でありながら澄百合学園総代表という立場にあるわけで、傭兵養成役の教職員に対しても、ある程度の指揮権と命令権を持っているから、要請があること、それ自体は意外でも案外でもないのだが——『脱園した西条玉藻を秘密裏に連れ戻す』というその依頼内容こそが、少し意外だったのだ。

策師として萩原子荻は自身に怜悧冷徹を強いている——少なくとも遊馬からはそう観察できる。そんな彼女から、まるで同室の友達に温情措置を取って欲しいとでも言うような依頼を受けることになろうとは、まさか遊馬は思っていなかったのだ。無論そんな、学園の規則の裏をつくような依頼を引き受けるような人間は、教職員の中には今のところ遊馬くらいしかいないのも確かなのだが——それに、玉藻の実力、そして才能を惜しいと思う気持ちは遊馬にもわかるのだが——しかし、意外なものは意外だった。

実際、子荻は現在執行中の任務——零崎双識が呼称するところの『小さな戦争』——において、玉藻を常に最前線に置いている。ひょっとして子荻は玉藻のことを使い捨ての兵隊のように考えているのではないかと感じたことも一度や二度ではないし、また子荻は指揮官として、玉藻のことを見捨てたとしか思えないような行動に出ることも多々《たた》ある。

しかし――ひょっとしたら私は誤解していたのかもしれない、と、子荻からのその要請を受けて、遊馬は思った。

常に最前線に派遣するのも、見捨てるかのような行動を取るのも、それだけ子荻が玉藻に対して信頼を置いていることの証明――だと、そう置き換えて考えたらどうか。

考えてみれば、そもそもひとつの作戦――策戦において、同一人物に重要な役割を与え続けることを、子荻は基本的によしとはしない。局面ごとに、極面ごとに、兵隊をほとんど総入れ替えする、そんな癖が彼女にはある。その癖はきっと、彼女の根本にある、人間に対する膨大なまでの不信感に起因しているはずだ。個人の背信によって策戦が崩壊することがないよう、常に心がけているのだ。個人を重《ちょう》用《よう》せず、誰であろうと取り替えの利くパーツとして、子荻はプランを組んでいる。

にもかかわらず――西条玉藻は、それこそ特例のように重用され続けている。いや、玉藻のキャラクターに背信も裏切りもへったくれもあるはずがないという前提は、勿論判断材料に入っているのだろうが――ともかく、そういう見方をする限りにおいて、萩原子荻は西条玉藻を使い捨ての兵隊とは思っていないらしい。

使い捨てようとしているのではない。

使い切ろうと――しているのだ。

だからこそ。

こんな場面で、その貴重な存在を失うわけにはいかないのだろう――

「それで？　私は誰を助ければいいのかしら？」

遊馬は三角御殿に侵入する前に、試みに子荻にそう訊いてみた――すると彼女は、さも当然のように、こう答えた。

『強いて言うなら玉藻以外の全員、ですよね――まあ最低限、人識くんを助けてあげてください。なん

だかとんでもない状況になってるみたいですから
——まったく。玉藻に目をつけられるなんて、可哀想に——』

さておき。

その西条玉藻は、現在もまだ、三角御殿の屋根の上で、直木煙々羅との戦闘行為を継続していた——傍《はた》から見れば、それは玉藻が圧倒的有利に、煙々羅を追い込んでいるような組手だった。しかし残念ながら、ことはそう単純ではない。

玉藻が攻勢一方、煙々羅が防戦一方のように見えても——これは実質的には、防壁を固めた煙々羅を、いくら攻撃しても突き崩せない玉藻という図なのである。

守りにのみ専念するなど、あるいはそれは悪足掻《わるあが》きのようなものだったかもしれない——決定的な相性の悪さから、已《や》むを得ずに取った手段としか受け取られないかもしれない。しかしその悪足掻きが、先刻から違う効果を生み始めていた。


「ゆ——ゆら、ゆら、ゆらぁ——り」

西条玉藻の動きが。

彼女の持つナイフの動きが——僅かに鈍ってきたのだ。

「…………っ」

対して、煙々羅の表情には、むしろ余裕が戻ってきている——そう。ここで二人の間には、大人と子供の体力差が、はっきりと、明確な形で生じ始めてきたのだった。

煙々羅の煙に巻くような粘りが、功を奏してきた——うまくすれば、形勢を逆転できる目さえ出てきた。煙々羅の顔に笑みが浮かぶのも、無理からぬことである。

しかし玉藻にその自覚はない。

少なくとも疲労を自覚している風はない。

状況の分析。

戦況の分析をするような性質では、玉藻はないのだ——戦いに愛された彼女にとって、戦いとはあるがままの、それだけのことなのである。それ以上の因数分解など、まったく必要ない。

「…………？」

変化と言えば、ふと視線が合ったときなどに、やや不思議そうに——煙々羅を見始めたことくらいである。

そんな視線に惑わされず——煙々羅は絶対防御を駆使し続けた。抜き身の大太刀による最強の鎧《よろい》——およそ突き崩せるものではない！　勝ちの目が出てきたところで欲をかくつもりはない、このまま玉藻の体力が尽きるのを、ただひたすらに待機する——

その間に助けがくれば尚《なお》よし。

どちらにしろ、自分の『不敗』は成立する——！

玉藻の側に助けが来るという可能性を最初から排除しているのは、直木三銃士の仲間に対する彼女からの絶対の信頼であり、ある意味においてそれは正しいのだが、しかし、そんな風に、煙々羅がほとんど己の『不敗』を確信しかけたそのときのことだった。

「あ、そっか」

と。

玉藻が呟いたのだ。

「あのながいかたながじゃまなんだ」

棒読みで——出鱈目《でたらめ》に発した言葉がたまたま日本語としての体をなしたかのような口調だった。

「ずたずたにするのにじゃまなんだ」

だったら、と。

西条玉藻は——ごく合理的な理屈を思いついたかのように頷いて、ゆえに当たり前に躊躇もなく、『その行動』に打って出た。

実際、合理的と言えば、その行動は確かに合理的ではあったろう。

直木煙々羅の二刀流を封じようという策——二本の大太刀を封じようという策は、誰がどう判断したところで、合理的ではあるはずだ。

しかし、それは容易なことではない。

真剣白刃取りのごとき無刀取りなど、よほどの達人でない限りできるわけもなく、まして玉藻は今、両手にナイフを持っている。二丁拳銃の弱点がリロードできないことであるのと同様に、ナイフを手放しでもしない限り、玉藻は大太刀そのものには手を伸ばすことができない。

が、玉藻に、『ナイフを手放す』などという選択肢はあり得ない。玉藻とナイフは分割不可能な、切っても切れない関係なのだ。それでいて——玉藻は、煙々羅の二刀流を封じにかかったのである。

それは即ち。

「……ずぶり」

二刀の切っ先が、同時に水平を向いたタイミングを狙って——自らその刀に飛び込むという策だった。

柔らかく。

細く、脆そうな玉藻の腹部に——二刀はまるで吸い込まれるように、突き刺さっていった。あっさりと、背骨を両側から挟み込むかのような形で——玉藻の薄い身体を貫く。

「え……、あっ⁉」

そのまま。

煙々羅が、そのまま刀に力を込め、力ずくで重力の方向へと引き落としていれば——それで彼女の勝ちだったろう。確かに刀の動きは、玉藻自身の身体によって封じられたが、しかしその封印を引きちぎることは容易だったはずだ。

だが、防戦を決め込んでいた煙々羅は。

玉藻の、意味不明の、肉を切らせて骨を断つどころでは済まされないその行動に——思わず、息を呑んでしまった。

虚を突かれたのだ。

現実に臓腑を突いたのは煙々羅のほうでありながら——しかし、それによって彼女は肝を鷲づかみにされてしまったようなものだった。

「ずぶ、ずぶ、ずぶ、ずぶ」

まるで痛覚が遮断されているかのように。

玉藻は固まってしまった煙々羅に、更に近付いていく——刀が更に、玉藻の腹の内に吸い込まれていくが、それに構う様子もない。

強いて言うなら。

これもまた——相性の問題だった。

圧倒的に実力で勝るはずの煙々羅が負けたこと、これは運が悪かったというよりは、むしろ当たり前のことだった。

その実力に裏打ちされた戦略思想によって、必然的に生きている煙々羅と。

偶然、たまたま、何かの間違いで生きている玉藻との違い。

煙々羅はその大切な必然性を捨てられないし。

玉藻はそんな価値のない偶然などたやすく捨てる。

「——ぴたり」

刀の鍔《つば》が、皮膚に接するくらいの位置まで近付いて——そして玉藻は両手のナイフを振りかぶる。

煙々羅は変わらず動けない。玉藻の行動に——玉藻の異常行動に圧倒され、刀の柄《つか》から手を離すことさえできない。指先までも、完全に固まって——静止してしまっていた。

その精神と同様に。

言ってしまえば、この時点で既に、直木煙々羅は精神的に殺されていた。何故なら、

(もう、こんな状況に意識を生存させ続けるくらいだったら——さっさと殺して欲しい——)

とさえ、彼女は思い始めていたのだから。

そしてその望みはすぐに叶えられる。

勿論、玉藻の望みも同時にだ。

つまり、

「——ずたずた」

◆　◆

『そのパターンなら、玉藻は屋根の上で戦っているはずです』

という、約束通りの五分後に再び通信してきた

『策師』からの言葉に従う形で、零崎人識と市井遊馬は、三角御殿の屋上へと向かった。無論、外壁を登るというヤモリみたいな真似はせず、七階まで階段で上ってから、屋上に出たのだが。

そして到着したときには既に終わっていた。

西条玉藻バーサス直木煙々羅。

原形をとどめないほどしっちゃかめっちゃかに引き裂かれた直木煙々羅の身体と——胴体を二本の大太刀に貫かれた西条玉藻の身体が、折り重なるように倒れていた。

屋根の上が血だまりだった。

いや。

それは、その結果だけ見れば、どちらが勝ってどちらが負けたのかわかりようもない——相打ちというにもあまりに凄惨《せいさん》な現場だったが。

「やはり、西条さんの勝ちみたいね」

と、遊馬は言った。

口調だけは冷静だったが、しかし早足で近付いていって——そして仰向けの姿勢の玉藻の腹部に突き刺さった刀を引き抜きにかかる。

「……堅いわね。人識くん、手伝ってくれる？」

「生きてんのかよ……それ」

ドン引きの如き表情で、顔面の刺青を引きつらせながら、しかし人識は言われた通りにふたりに寄っていって、その刀の柄に手をやる。

見れば、玉藻は意識を失っているようだ。

出血量が原因か、あるいは痛みが原因か。

まあ前者だろうな、と人識は思う。

痛みで気絶するようなタマではないだろう。

「大体、何があったのかはわかるけどよ——しかし、相手の武器を封じるために自分の身体を使うか？　二回ほど、俺とやり合ったときもそうだけどよ——こいつには保身とか、そういう概念がないのかよ」

「ないわね。ひとりで放っておいたら自傷自壊に走るような子よ。それも大した理由もなくね。……いい？　せーので引き抜いてね。きみと違って、多分、内臓がいくつかやられてるから——一瞬で応急処置を済ませるわ」

「へいへい」

「せーのっ」

言われるがままのタイミングで、二本の刀を同時に引き抜く人識——勢い余って後ろに倒れそうになった。何とかバランスを取り返したところで、

「………………」

既に縫合手術は終了していた。

手際がよ過ぎる。

ただただ、感心するほかなかった。

「ジグザグよぉ——あんたひょっとしてさ、そんじょそこらの奴より、よっぽど最強なんじゃねえのか？」

「よしてよ。私ごときを最強と呼ばないで——その言葉は、最も強い者にしか与えられない称号なんだから」

「最も強い者」

「最も赤い者と言い換えてもいいけれどね——うん、さすがに傷痕は残っちゃいそうだけど、この娘はそんなの気にもしないか。……ま、無事とは言えないけれど、一応は回収に成功ってことで。で、人識くん。きみはこれからどうするの？」

玉藻の服の乱れを直しながら——直したところで、もとより玉藻の体操服はずたずたなのだが——、人識のほうを見ないままに、遊馬は、質問を投げかけてきた。

「どうするって？」

人識は訊き返す。

「どういう意味だよ、それ」

「そのまんまの意味よ——ほら、私の役割は西条さんを連れ帰ることだから、これでこのまま山を降りるつもりなんだけれど。西条さんの場合はあくまでも応急処置だし、なるだけ早く専門医に診《み》せてあげたいんだ」

「あっそ。まあ、そうだろうな——いや、俺はこれ

から出夢の奴を探すよ。あいつ、今、飛縁魔ってえ直木三銃士の三人の中で一番強い奴と戦ってるはずだからよ——」

「どうして、そこまでするの？」

遊馬は言った——畳み掛けるように。

言い換えれば、やや意地の悪い調子で。

「さっき聞いた話じゃ、人識くんの役割は直木三銃士の、直木飛縁魔以外のふたりを抑えておくことだったんでしょう？　私や玉藻の協力、まあ協力って言い方も変だけれど、とにかく私や玉藻の力もあって、直木泥田坊と直木煙々羅はこの通りのざま——だったらもう人識くんの仕事は終わってるじゃないの」

「…………」

「きみの傷だって一応は精密検査をしておいたほうがいいんだよ？　仕事は終わったんだから——私達と一緒に帰ればいいと思うんだけど」

私はバイクで来たけれど——カスタムバイクだから三人乗りまでならできるよ、と、遊馬は言う。

対して人識は、

「別に、俺はあんたらと違って、仕事でやってるわけじゃねえよ——」

と、答えた。

「そうだったね。零崎一賊は——仕事ではなく生《い》き様《ざま》で人を殺すんだったね」

微笑む遊馬。

静かな微笑みだった。

「でも、じゃあ人識くん。きみにとってその生き様はどういう意味を持つの？」

「意味？」

「質問を変えようか」

遊馬は、玉藻の小さな身体を背負いながら——背負って、揺れないように、細い糸で自身と玉藻を縛って固定しながら——言った。

「零崎人識と匂宮出夢って、どういう関係なの？」

第六章

「眠るように死んでいきたい」

「眠るように生きている癖に？」

◆　◆

零崎人識と直木泥田坊、西条玉藻と直木煙々羅、そのふたつの戦闘行為が形はどうあれ決着がついた頃には——三角御殿において行われていたもうひとつの戦闘、即ち匂宮出夢と直木飛縁魔との戦いも決着がついていた。

と言うより——三つの戦闘行為のうち、最も早く終わったのがその戦いである。

人識や玉藻、あるいは泥田坊や煙々羅とは、明らかに一線を画したステージの強度を持つ者同士の戦いは、粘りや引き延ばしとはまるで無縁で——ほとんど瞬間的に決着したのである。達人と達人の戦いはおよそ一合《いちごう》で勝敗が分かれるというが、今回のケースもそれに限りなく近い形だった——しかしそれはおよそ、スマートなバトルであるとは、とても表現できないものである。

力対力——力技の、決着だった。

階段を降りてくる飛縁魔に対し、正面から突貫する出夢——虚仮脅《こけおど》しを一切使用しない、真っ向勝負に出たそんな出夢を、飛縁魔もまた、真っ向から迎え撃った。

「俺的必殺——問答無用拳」

力。

力の流れを、ベクトルを、ほとんど自由自在といっていいレベルにまで操作することのできる拳士であるところの直木飛縁魔は、その実質が知れてしまえば、彼自身はむしろ脆弱《ぜいじゃく》な、周囲の力を利用するタイプのプレイヤーなのだと誤解されがちだが——本人の言う通り、実は違う。

彼は他に類を見ないほどに力任せなプレイヤーなのだ——自身が膨大な力を所有しているからこそ、彼は力というものを可能性と置き換えられるほどに、知り尽くしているのである。

即ち、飛縁魔の取った迎撃態勢とは——

「力任せに――ぶん殴る」

　大きく振りかぶっての、心臓破り《ハートブレイクショット》の突きだ。

　雀の竹取山において、シームレスバイアスこと零崎軋識が、直木飛縁魔に師事した経験のあるメイド仮面から食らったあの一撃である――あのとき、メイド仮面はその単純明快な一撃を成立させるために、数々の策を弄《ろう》したが――正確には、その策を構築したのはメイド仮面本人ではなく、策師・萩原子荻なのだが――しかし力の流れを知り尽くす直木飛縁魔には、そのような小細工は一切合切必要ない。

　階段を駆け上りながら突貫してくる出夢、そのタイミングに完全に合わせる形で、つまり出夢の勢いさえも利用して――その一撃を出夢の心臓にぶち込んだ。

　あくまでも派手さはない。

　華やかのはの字さえ、そこにはない。

　電池が切れたように、出夢は突貫のその勢いを相殺され、ふらりと、突き崩されるようにして後ろ向きに、無様《ぶざま》な階段落ちを披露することになった――そのまま、首を痛めるような角度で、元いた地点にまで戻される。

　いや。

　どのような角度になろうとも、今の出夢に首を痛がることなどできるのか――飛縁魔の拳はそれほど確実に、出夢の心臓を突いたのである。

　人体最大の急所、心臓を。

　血も流れず、骨も折れない。

　筋繊維《きんせんい》さえ、千切れることはない。

　しかし――その威力は確実に、出夢の小さな身体の中に、浸透していったのだ。

「戦いを楽しむって感覚は、実のところ、俺にはまるでないんだよね――何故なら、こうしていつも、いつだって一撃で決着がついてしまうから。暇潰しつつっても、潰せる暇は一瞬だけだ。俺にとっちゃ、毎朝毎晩欠かさずしている素振りと何ら変わらない」

言いながら。

飛縁魔は、階段を降りてくる――気ままなペースで、足場を確かめるようにしながら。出夢が急スピードで駆け上がったことで、階段の縁があちこち削れて仕舞っていたのだ。しかしそんなことに飛縁魔は驚きもしない。彼にとっては、それは力学的に当然の出来事なのである。

「どんな相手だろうと、その相手が何をしてこようと、基本的には同じこと――相手が何かしてくる前にこちらの攻撃をぶち込めばいいのさ。力学的な支点を定めてさえしまえば力学的な視点など、その後で考えればいい。……ま、一撃必殺の拳を持つ俺だからこそできることでもあるんだ――なんて、ついつい解説してしまうけれど、既に必殺されてしまっているきみにそんなことを言っても仕方ないか、匂宮出夢くん」

階段を降り切って。

飛縁魔は、もう出夢のことを眼中にも入れず、そう言った。

「さて、泥田坊と煙々羅はどうしたかな――まさか負けるわけがないとは思うけれど。しかしまあ、師匠として見学くらいには行ってやるべきかもしれないよね」

「……『不甲斐ない』」

と。

既に次の行動についての思考を進めていた飛縁魔の背後から、そんな声がした。

否。

声も何も――この場に、飛縁魔のほかにいるのは、匂宮出夢だけだ。しかしその匂宮出夢はたった今、その心臓を強制的に停止させられたはずではなかったのか。

飛縁魔の表情から初めて余裕が消えて――

無言のままに彼は振り向いた。

果たして。

匂宮出夢は――仰向けになっていた姿勢から、ほとんど力ずくのような形でその上半身を起こし——

飛縁魔を見ていた。

ダメージは深そうだ。

起こした上半身はがくがくと痙攣さえしている。

しかし——

一撃必殺の拳を食らってなお、匂宮出夢は死んでいなかった。

「…………っ」

「『不甲斐ない』って言葉……あるよなあ。しかしよ——あれってどうなんだ？　どういう意味なんだ？『不』で、しかも『ない』って、要するに『甲斐』はあるのかないのか、どっちなんだ？」

こふ、と。

咳をしてから——出夢はそんなことを言う。

「教えてくれよ、先生——教えるのが癖なんだろ？ああん？」

その口調は弱々しくはあったが——しかし、決して虚勢ではない強さも、そこには確かに混じっていた。

「……不甲斐ないの『不』は、そもそも『臓腑』の『腑』と書く——『不』は当て字だよ。つまり『甲斐』はないと見るのが正解だな」

「あっそ」

「しかし、匂宮出夢くん——それを訊くきみには臓腑がないのかい？　きみはそういう可能性なのかい？　それでは、やり甲斐がないのはこちらのほうだ」

確実に心臓に打ち込んだはずだ。

飛縁魔は怪訝そうに、そう言った。

対して出夢は、ひゅー、ひゅー、と、息を吸い込んだり吐いたり、呼吸を整えながら、

「僕はなあ」

と言った。

「そもそも作りもんの失敗作だからな——完成品をイメージして戦うあんたにとっちゃ鬼門となるような相手なのさ。人工的な強さ？　まあ、言い得て妙

「俺に心臓を殴られる瞬間、己の意識を遮断して、『弱い』――『無力』な妹の人格に変質したとでも言うのか？　ゆえに俺は力点を読み違えて、心臓を打ち損なったと――」

「少し違うな――そんな意図的なことはしてねえよ。そんな意図的な防御なら、あんたは読み違えないんだろう？　あんたが僕を殺せなかったのは、ただの偶然だ――僕は今ちょっと、その人格の分断がずれちまってて、てよ。『強さ』と『弱さ』が嫌な感じに混じっちまって、たまたま、思い通りの力を出し切れなかったのさ」

「…………」

飛縁魔は、黙った。

今の出夢の説明が、どこまで真実に近いものなのかは定かではないが――もし仮に、八割ほどでも正しいとするのなら、それは飛縁魔にとって非常に厄介な展開となるからだ。

『強さ』と『弱さ』の混合。

だったぜ」

「……もう少しわかりやすく言ってくれよ」

「二重人格って、知ってるか？」

ゆっくりと――出夢は立ち上がる。

その二本の足は、まだふらついている――もう少しの間、立ち上がらずに休んでいたほうがよかったのではないかと思わせる振る舞いではあったが、しかし、飛縁魔はそこに付け込むような真似はしなかった。

無論、紳士だからではない。

出夢が死ななかった理由が――わからないからだ。

「僕は人格的に分断されている――『強さ』と『弱さ』に分断されている。『強さ』を担当するのがこの僕で、『弱さ』については妹に担当してもらっている――」

「……つまり、あれか？」

待ちきれないように、飛縁魔は出夢の言葉を先回りする。

それが制御不能で、意図しないランダムなものならば——さすがの飛縁魔でも、そのタイミングを完全に読み切ることは難しい。混じると言っても、実際は混じると言うよりはザッピングされるようなものなのだろうから、尚更である。

中間地点がない。

ピーキーな二つのパターンに、同時に対応しなければならないようなものだ。

「……怪我の功名っつーのはこういうのを言うのかねえ——正直、そこまで計算してたわけじゃねーんだが。ところであんた、言ってたな——一撃必殺の拳がどうたらこうたら。しかし奇遇だな、僕も持ってるんだよ——一撃必殺。もっとも、僕の場合は拳じゃなくて平手なんだけれどな」

そう言って——出夢はぐいっと、思い切り身体を、後ろ向きにねじった。上半身が腰の部分でねじ切れるのではないかというほどに、無理矢理な姿勢で——百八十度以上、その身体を、自らひねり上げる。

「相手が何かをしてくる前にこちらの攻撃をぶち込めばいい、か——いいこと言うぜ。僕もあんたの弟子にしてもらえばよかったかな？」

「…………っ」

「実は、人間相手に使うのはこれが初めてだ——未完成の必殺技ってところだな。点数つけてみてくれよ、直木飛縁魔先生——」

出夢は普段、拘束衣を着ることで両腕を封じている——それは自らの力を制限することで『遊び』を楽しむというのが主な目的ではあるが、副次的な目的として、異様なまでの腕の長さを隠すためということもある。

体格に比して長過ぎる、出夢の腕。

まるで——そのパーツだけ、違う材質でできているかのように。

そしてそれは、戦闘においては比類なき武器となる。

間合いのまるで読めないその攻撃、それは、基本的には直木飛縁魔が使用した『俺的必殺・問答無用拳』と何ら変わりなく――『力任せに、ぶん殴る』技術だ。

拳であるか、平手であるかの違い。

直線を描く攻撃か、弧を描く攻撃かの違い。

それだけだ。

しかし、その気性において、匂宮出夢は飛縁魔の逆を行く者――華やかな強さを所有する者。

派手な強度を誇る者。

力の流れがどうとか、ベクトルが何だとか、その手の細かい理屈など一切考慮しない――その手の細かい理論など何の判断材料にもならない。

これぞ真の力任せ。

出夢はこの瞬間まで、未完成のこの必殺技――一撃必殺技に、名前をつけてはいなかったが、しかしこうして公に披露する以上は何か考えなければとでも思ったのだろう、まるでその場しのぎのように――己の長き腕に命名した。

自分は食べ物ではなく。

むしろ食べる側なのだと。

そう宣言するように――命名した。

「――『一喰い《イーティングワン》』!」

それに対し。

飛縁魔は、先の先を取ることは叶わなかった――ランダムなリズムを、やはり読み切れなかったのだ。無理に読もうとしたら読み違えてしまっていただろう――だからそれは諦めた。

リズム。

もしも出夢が『妹』と呼ぶその『弱さ』に、そのまま理澄という記号が与えられていることを知ったら、果たして彼はそれを皮肉に思っただろうか――しかし実際、それは彼の知るところではなかった。

だから、ただ防御に移るだけである。

迎撃はできなくとも防御はできる。

そのはずだった。

出夢の、後の展開など何も考えていないと見える平手打ちを、片腕を盾にするようにして防御する——受けて、耐え切り、あるいはそれこそ受け流し、そして反撃に打って出るつもりだったのだろう。

しかしそんな飛縁魔の目論見は外れる。

防御など——あまりに的外れだった。

その次の瞬間に起こった事実——その悲惨さと凄惨さを、できる限り控えめに、なるだけ抑えて描写するために、あえてここで戯画的な擬音を選択するならば、

『どっか〜ん!』

と、まあ、そんな感じだった。

直木飛縁魔の片腕は、肘の部分でへし折られ、皮膚が弾け、血液よりも先に筋肉が飛び散り、骨が粉《こな》微塵《みじん》となり、つまるところは爆散し、出夢の平手に触れられた部分は影も形も残らなかった。

それほどの犠牲を払ってなお、出夢の『一喰い《イーティングワン》』を停止させるには及ばない。どころか方向をほんの少しさえずらすこともできず、そのままその攻撃は、飛縁魔の脇の下に衝突した。勿論、何の変化もなくワンパターンに、その部位においても腕と同じことが起こる——皮膚が弾け、血液よりも先に筋肉が飛び散り、骨が粉微塵となり、つまるところは爆散し——

影も形も残らない。

「あ……が」

『俺的必殺・問答無用拳』が、破壊を伴わない力——流血させることもなく骨折させることもなく、その内部にのみ衝撃を通底させる奥義だとすれば、『一喰い《イーティングワン》』は正にその対極の奥義——同じ『力任せ』でありながら、結果は正に対極だった。

わかりやすく言えば。

「が、が。が——」

非常にわかりやすく言えば、直木飛縁魔のシルエットは大きく変化した——片胸の部分が、大袈裟でなくえぐれ、巨大な穴が開いていた。

万が一このまま生き延びたとしても、プレイヤーとしては再起不能——いや、どう贔屓目に見たところで、あるいはどう控えめに言ったところで、その万が一が起こる『可能性』は、万に一つもないだろう。

ぐるん、ぐるん、と。

勢いはそれでも死にきらず、出夢はその場で、独楽《こま》のように回り続けた——しかし、そんな無防備な出夢に、飛縁魔はもう、どんな攻撃を加えることもできない。

力をよく知る彼は。

命のことも——よく知っている。

その脆さと、儚さを。

ぐらり、と、全体のバランスを急激に失ったその身体は、あっけなく床面へと倒れ込む——飛縁魔自身、それに逆らおうとはしない。

なすがままに——倒れる。

その力の、赴くままに。

「見事な——可能性だ」

と。

明らかに肺を片方失いながらも、しかし、飛縁魔は——気丈《きじょう》に、口調を変えることもなく、出夢に向けて、そう言った。

「きみの力を見せてもらったよ——匂宮出夢くん」

出夢は。

「…………」

ようやく回転を終えた出夢は、それでもどこか不機嫌そうに——飛縁魔を見る。

不機嫌そう？

勝ちが確定したというのに？

否、それでも実際、出夢は不機嫌そのものだった——何故ならこの勝利は、出夢が求める勝利とは程遠いものだったからである。

『一喰い《イーティングワン》』のことではない。

それ自体は予想以上の破壊力を見せてくれた——出夢好みのデストロイだ。未完成であることに変わりはないが、しかし実戦で十分に使える技であることは証明された。直前に飛縁魔の『俺的必殺・問答無用拳』を見ていたのが、恐らくいいように働いたのだろう。

問題はその前だ。

それこそ、その『俺的必殺・問答無用拳』を食らっておきながら――自分が死ななかった理由。『強さ』と『弱さ』がランダムに混交していたからこそ――死ななかったという、その理由。

それが出夢には我慢ならなかった。

『強さ』そのものの体現であるはずの自分が。

『弱さ』ゆえに命を救われたなど――

あってはならないはずなのに。

匂宮出夢にとって、これ以上の屈辱はなかった。

「そのお礼と言っちゃあなんだが――」

飛縁魔は、しかし、そんな出夢の心中を察しようという様子もなく、普通に――死にかけている癖にごく普通に、喋り続ける。

「――最後にもうひとつ、いいことを教えてあげよう、匂宮出夢くん」

「ああ？　うるせえな――」

出夢は不機嫌を隠そうともせずに、声を荒らげる。

「――てめえに教えてもらうことなんざ、もうひとつもねえよ」

「そう言うなよ。いいかい、匂宮出夢くん。きみはきっと、そもそも知らないんだと思うけれどさ――三銃士ってのは」

直木飛縁魔は言った。

やはり口調を変えず。

静かに――言った。

「四人いるんだ」

途端。

出夢は背後に気配を感じた――いや、感じなかった。感じたのは気配以外の何かだ。そう、それは――激しい痛みだった。

その痛みによって、出夢は初めて――自分の後ろに何者かが存在している——

とっくに存在していたことに気付く。

存在し、攻撃まで終えていることに、気付く。

「直木七人岬《しちにんみさき》という可能性だ。俺の最後の弟子だよ——覚えておくといい。言っておくけれど、俺より強いぜ」

◆　◆

「アレクサンドル・デュマの『三銃士』ってさ——タイトルこそ『三銃士』なんだけれど、主役はアトス、アラミス、ポルトスの三銃士じゃなくて、ガスコーニュ出身の剣客、ダルタニャンなんだよね。知ってた？　西条さん」

玖渚山脈の一本道を、カスタムされまくったオフロードバイクでかっ飛ばしながら——後部座席の西条玉藻に、市井遊馬は豆知識を披露した。もっとも当の玉藻は意識を失っているままだし、どちらかと言えばそれは独り言のような言葉だったけれど。

遊馬は独り言の多い女なのだ。

「だから、ひょっとしたら直木三銃士にしても、直木飛縁魔、直木煙々羅、直木泥田坊のほかにもうひとりくらい隠れキャラがいるのかもしれないよね——まあ、もう私には関係のない話だけれど」

言って——ふと、後ろを振り返る遊馬。

悪路を運転中なので、ほんの一瞬のことだが。

どんどん小さくなっていく三角御殿——そしてもう見えるはずもない、そのいくさ場に残してきた殺人鬼・零崎人識。

「折角再会できたってのにもうお別れってのは切ない話だけどよ——あんたとはどーせまた会うだろ、ジグザグ。そんときは、そうだな、その便利そうな糸使いの技術でも教えてくれよ」

人識は、あっさりそう言った。

遊馬を引き止めようともせず——自分は当然のように三角御殿に残った。

「……やれやれ、よね」

教えてくれとは、随分簡単に言われたものだ。

それは勿論、極紘糸《きょくげんし》自体は、既に伝統芸能のような技術なので、いずれは遊馬も後継者を探すことにはなるのだろうが——少なくともあの殺人鬼にだけは教えることはないだろう、と思う。

「そうね、教えるとしたら——やっぱり澄百合学園の誰かってことになるんだろうな——直木飛縁魔と違って、私は弟子を取るつもりなんてないんだけれど」

背中に玉藻を感じつつ、呟く遊馬——いや、だからと言って玉藻に教えるという選択肢は、人識以上にないのだが。

「しかし……萩原さんが零崎一賊と匂宮雑技団を共闘させようなんて、とんでもないことを企むのもわかるわ——そんなことが実現すれば、確かに歴史上初でしょうけど」

今回はその片鱗を見たわ、と遊馬は再度、後ろを振り返る。

「……まあ……、これに懲りて、西条さんが二度と脱園なんて馬鹿な真似をしないでくれればいいんだけれど……懲りるって概念はないでしょうね、この娘には。……いや、そんなこと、私が心配しなくとも、あの萩原さんが二度とさせるわけないか」

まあ、と遊馬は言う。

意識のない玉藻に、言い聞かせるように——

「人識くんに執着するのはわかるけれど——諦めることね、西条さん。あの子はどうして零崎一賊に所属しているのかわからない——どうして『殺し名』に配置されているのかわからない、どうしてこの世界にいるのかわからないほど——私達とは価値観が違うみたいだから」

匂宮出夢との関係を遊馬に訊かれて。

人識はまったく迷うことなく——即答した。

それほど純粋で真っ直ぐな言葉を——市井遊馬は、生まれてこのかたほんの数回しか聞いたことがなかった。

「出夢との関係？」

彼はこう答えたのだ。

「共犯者だよ。言ってみりゃ、家族みてーなもんだ」

第七章

「犯人は誰だ？」

「誰かよりも、どこにいるのかのほうが問題だ」

◆　◆

「ねえ師匠——」

そう口火を切ったのは煙々羅だった。

敵に対しては容赦のない彼女ではあるが、しかし身内に対するときは気が緩んでいるのか、どこかその声には甘えるような響きがあった。

「——師匠は、どうしてあたし達を、弟子に取ったんですか？」

すると泥田坊が、煙々羅のその台詞に便乗するように、

「そうそう、僕も訊きたかったんです、それ」

と、言ってきた。

「師匠ほどの腕があるなら、仲間を作る必要なんかないじゃありませんか——そりゃ、僕や煙々羅や七人岬からしてみりゃあ有難さもきわまる話ですけれど、しかし考えてみれば、師匠にとっては、これって一銭の得にもならないことですよね？」

そして泥田坊は後ろを振り返り、

「なあ七人岬」

と呼びかけた。

三人の弟子の中一番年下の七人岬は、兄弟子からの呼びかけに対し、

「…………」

と、無言で、表情も変えなかったが、しかしそれを受けて泥田坊は、

「ほら、七人岬も不思議がってますよ」

と言う。

それを受けて——飛縁魔は。

直木飛縁魔は、

「別に、理由なんてないよ」

そう答えた。

答えたと思う。

「そもそも俺は、得やら損やらで人生やってないからな——てきとーでいい加減なんだよ」

「でも、あたし達の指導にかまけている時間を自分の稽古に費やせば、師匠はもっと強くなれるんじゃないですか？」

「あはは――じゃあ、だからかもしれないな。俺は自分が稽古するのが面倒臭いから、代わりにお前らにやってもらってるんだ――」

そう答えて。

それで――その会話は終わった。

いつ交わしたのか、飛縁魔自身、もう憶えてもいない会話――

◆　◆

「は――はっ、はっ、はっ、はっ、くはっ――」

完全に過呼吸に陥りながら――しかし、匂宮出夢は緊急事態からの撤退に成功した。いや、と言うよりも、相手が深追いして来なかったというのが、この場合は正しいのかもしれない。

相手。

直木――七人岬。

直木三銃士、最後のひとり。

「……くそったれ、聞いてねえぞ、そんな奴――」

気配もなく――何もなく。

ほとんど、その瞬間からこの地球上に存在し始めたが如き唐突さで――背後を取られていた。

飛縁魔とのバトルで勝利を収めたからと言って、油断し、慢心していたつもりはない――むしろ当時の心理、つまり苛立ちは、そういった気持ちとはまるで対極にあった。

自分自身への怒りで、出夢は臨戦態勢もいいところだった――ある意味、いつよりも研ぎ澄まされていたと言っていいだろう。

なのに。

「……………っ、痛……」

果たして、七人岬からどんな攻撃をされたのかもわからない――出血こそしていないようだが、背中の各所に、刃物で切りつけられたかのような激痛を感じる。

「飛縁魔よりも強い、だって……？」

それはいくらなんでも大袈裟だとは思う——死に際にはったりとして適当なことを言ったのだと思う。あんなクラスのプレイヤーが、そこまでごろごろしていてたまるものか。

しかし、それでも七人岬が相当の実力者であることは認めざるを得なかった——瞬間的に、撤退の選択肢を選ばなくてはならないほどに。

七人岬は追ってこなかった。

瀕死の飛縁魔を——看取《みと》るためか。

それとも、他に理由があるのか。

わからないが、しかしそれでも、とても助かったと思えるような状況ではなかった——むしろどうしてこうなってしまったのかと、思い悩まずにはいられなかった。

「……聞いてねえ、わけがねえんだけどな——」


匂宮兄妹。

兄の匂宮出夢が殺戮を担当する分、妹の匂宮理澄が調査を担当する——今回の件にしても、玖渚直と直木三銃士について、理澄が事前に調べ上げていたはずなのだ。

その調査が万全だったなら。

四人目の三銃士の存在を——知りえたはずなのだ。

それができなかった。

挙句、この有様だ。

「…………っ」

自分の『強さ』がぶれているせいだ、と出夢は思う——だから理澄の『弱さ』もまた、ぶれてしまったのだろう。そのお陰で飛縁魔の拳をかわせたというメリットは確かにあったが——結果がこれでは、差し引きで何の意味もない。

否、たとえどんな結果であろうとも。

やはり——意味などないのだ。

このままでは——匂宮兄妹という存在が、全体から意味を喪失してしまう。それは背中の痛みよりもずっと、由々《ゆゆ》しき問題だった。

「……人識の所為《せい》だ」

ぼそり、と出夢は呟く。

苦々しげに――忌々《いまいま》しげに。

「あいつと会ってから――僕はおかしくなっちまった。おかしくなっちまった、こんなはずじゃなかった――どうして僕は、こんなことに」

友達が必要なのは。

僕じゃなくて、理澄だったはずなのに――

「くっそ――とにかく、少し休まねえと――ダメージが全然回復しねえ」

一度後ろを振り返って、やはり七人岬は追ってきていないことを確認し、そしてその辺りの扉を適当に開けて、中に飛び込んだ。

電気は点《つ》けない。

元々は書庫であるというこの三角御殿、その部屋の中も本棚ばかりで、やや身動きが取りにくいくらいだったが――しかし潜むには丁度いい空間かもしれなかった。

出夢は息を殺して、部屋の奥にまで進む。

そう言えば人識と玉藻はどうしたのだろう――という疑問に、ここで出夢は突き当たる。あの状況、もしも出夢を不意打ちしたのが七人岬でなく、泥田坊や煙々羅だったとするならば――多分出夢は、あんな風に無様に、背後からの攻撃を食らったりはしなかったと思う。つまり裏を返せば、人識や玉藻は、しっかりと出夢の頼みを聞いてくれた――泥田坊と煙々羅を足止めしてくれたということになるのだろうか。

ひょっとすると、今も戦闘中なのかもしれない。たとえそうだったとしても――今の出夢にそれを把握するすべはないが。

「…………」

人識は。

零崎人識は、どうして西条玉藻が自分のことを訪ねてきたのか、まるでわからなかったみたいだが——しかし出夢には、この状況に至って、その理由がなんとなくわかったような気もした。

きっとそれは。

出夢と同じ——理由だったのだろう。

だけど、だからと言って。

「……余計なことを、考えるな——今は、まずは仕事のことだけを考えろ——」

自分に言い聞かせるように。

ぶつぶつと呟く出夢。

「これで仕事まで達成できなかったら、どうにもならねえ——何一つ達成することができず、僕が、僕達兄妹が、終わっちまう——」

否。

たとえ仕事を達成できたとしても——『強さ』と『弱さ』が混じりつつある現在の自分は、現在の匂宮兄妹は——実際、終わりつつあるのではないだろうか。


そんな疑問に苛まれる。

出夢は自らの成功例である『断片集《フラグメント》』の連中を毛嫌いしているが、しかし、自分達を処分しようと目論む彼らの企み自体はそう的を外したものではないのかもしれないと、改めて思った。

だって。

僕はこんなにも失敗作で。

僕達はこんなにも不良品だ——

「その眼鏡は」

と。

ふと。

部屋の奥、窓際から。

星光入る、窓際から。

そんな声が——した。

「その眼鏡は——いい眼鏡だ」

「…………っ！」

誰もいない、いるはずがない空間から、突如生じたその声、その言葉に、匂宮出夢は戦慄する——咄嗟に、前髪を上げておくために使っていた眼鏡に手をやった。

しかし、そんな出夢の行動を制するように、

「どうしたよ、お嬢ちゃん」

と声は言った。

「まるで、ほんの遊びで付き合っていただけのつもりの男に間違って惚れちゃって、自分さえよければいいはずだったのにどこからか相手のことなんか慮《おもんぱか》ったりしちゃって、主導権は自分が握っていたかったのにいつの間にか自分のほうが振り回されるような形になっちゃって、気が付けば相手に依存さえもしてしまっちゃって、それまで誇りに思っていた自分のアイデンティティさえも崩壊しちゃって、自分が違う自分に作り変えられていくように感じちゃって、しかもそれがそれほど不愉快じゃなく思えちゃって、過酷な人生を送ってきた自分にとって生まれて初めて体験するそんな心地よさが気持ちよくなっちゃって、だけどその不愉快じゃないと感じること自体が逆に不愉快になっちゃって、心地よさと気持ちよさにこそ苛立っちゃって、そんな生温い自分を許せないというような——そんな顔をしているぜ」

「…………っ!?」

いきなり、ずばずばと。

いきなり、ずけずけと、心中に土足で踏み込まれたようで——出夢はかあっと赤面する。

そして相手を見る。

この薄暗い部屋の中でも際立つような、ダブルの純白スーツに全身を包んだ、背の高い男だった——襟元のボリュームのあるマフラーや、靴さえも白い。手首や指先を飾るじゃらじゃらしたシルバーアクセサリーが、せめてものアクセントと言った感じだった。そしてどういうつもりなのか、男は、その頭部に狐の面を着用していた——だから、まるで視線を読むことができない。

壁にもたれかかるようにして。

彼は、一冊の本を読んでいる。

暗い部屋の中、星明りを頼りにしているらしい。カバーがかかっているのでタイトルまでは読めないが、恐らく、この部屋の本棚から抜き取った一冊なのだろう。

ぺらり、と。

その本のページをめくる——狐面の男。

「な——なんだ、あんた」

自然。

自分の口調に、絶え間ない動揺が混じってしまうことを嫌でも自覚する——何に、どう対応するときよりも、今は自身に賢明さを強いなければならないと、強く思う。

「あ、あんたが——玖渚直か？　それとも——直木三銃士の五人目、とか——」

いや。

玖渚直は公人に限りなく近い立場の人間だ、そのプロフィールは当然、理澄の調べにあがっている——その特徴は目の前の男とは程遠い。そして直木三銃士の五人目という線もないだろう。飛縁魔は七人岬のことを最後の弟子と言ったし、直木三銃士は『四人』だと、そう断定していた。あんな今わの際に、飛縁魔が咄嗟にそこまでの嘘をついたとは、とても思えない。

ならば誰だ。

この——部外者は、誰だ。

埒外の、例外の、部外者は——誰だ。

「あんた、誰だよ」

「『あんた、誰だよ』。ふん。実に面白い質問だ」

狐面の男は言う。

酷くつまらなそうに。

「俺は、俺だよ。見ての通りの俺そのものだ。強いて言うなら人類最悪の遊び人ってところだ——んん？　これは時系列的に、ここで名乗っていい肩書きだったかな——まあいい。どうでもいいさ」

くっくっく、と。

狐面の男は――犯《オカ》しそうに、笑った。

◆　◆

直木七人岬が一時撤退――逃亡した匂宮出夢の後を追わなかった理由を、出夢は『師である飛縁魔の最期を看取るため』だったのではないかと推測したが、しかし、それはいささかセンチメンタルに過ぎる想像だったと言わざるを得ないだろう。

事実としては、ただ単純に、飛縁魔がそうするように命令しなかったから――というのが、実際である。

「ま……あの不意打ちで仕留められなかったのは、意外だったけれどね――それにあの子は、引き際も心得ていた」

飛縁魔は呟く。

片腕を吹き飛ばされ、片胸をえぐられながら――直接地雷をぶつけられたかのような被害をその身体に受けながら、それでも普段通りの口調で。

呟く。

それは独白だった――

直木七人岬もまた、この場にはいない。

「…………」

出夢追跡の命令を出さなかった代わりに、飛縁魔は七人岬に、今すぐ雇い主、玖渚機関直系血族、玖渚直のところに戻り、そのそばを決して離れるなという、そういった旨の命令を出したのだ。

泥田坊と煙々羅がどうなったのか、飛縁魔には知るすべがない――しかし、師である自分がこうして敗北してしまった以上、彼らもまたそうなってしまっている可能性を考えないわけにはいかない。自分の鍛えた愛弟子が負けるはずがないだろうなどと、暢気《のんき》に考えるわけにはいかなくなった。

ゆえに、七人岬には、早急《さっきゅう》に直の下へと帰ってもらわなくてはならなかったのだ。

七人岬はその命令に従ったまでだ。

「……とは言え、ここで俺の命令なんか聞かず、匂宮出夢くんを追うくらいのメンタルを見せてくれたらな——七人岬も完璧なのだが」

それは直木七人岬の、飛縁魔から見ればやや悩みどころの、キャラクターと言えた——実力においては飛縁魔が一目置くほどに秀でているのだが、しかし如何《いかん》せん自主性に欠け、指示待ちの傾向が強い。今だって、あと少し早く飛び出していれば——飛縁魔の命を救えはしないまでも、そもそも出夢を取り逃がさなかったはずである。一撃で決められていたはずなのだ。

「あの子の可能性を一人前になるまで見守れなかったというのは、心残りだな——ま、こういう人生も、ありっちゃありか——」

玖渚直のボディーガードの任については、きっと七人岬がうまくやってくれるだろう——ならば飛縁魔は、直木三銃士を率いた者として、プロとして、恥じるところなく死んでいける。

悔いなく、誇り高く。

直木飛縁魔は戦士として、死んでいけるのだ——

「と、と」

そのとき。

倒れている飛縁魔のすぐ脇を駆け抜けていこうとして——慌ててブレーキをかけた、そんな人影があった。

それは顔面刺青の少年——つまりは零崎人識だった。

どうしてなのか、確か山道で会ったときには着用していたはずの学ランを脱いで、上半身はTシャツ姿だが——

「…………」

まずいな、と飛縁魔は思う。

その方向は出夢が撤退していった方向だ——脇腹を庇うようにしているが、しかし致命的な負傷をしている風でもない。

今、出夢と人識に合流されてはまずい——いや、七人岬ならば、手負いのふたりが合流したところできっと打破できると思いたいが、しかし無闇に勝率を下げたくはない。

引き止めなければ。

反射的に、飛縁魔はそう思った。

「……つーか」

と、そこで、都合のいいことに人識のほうから話しかけてきた。止めた足を止めたままで、飛縁魔を見下ろしてくる。

「あんた、出夢にやられたのか？　すっげーな、あいつ――こんな人体破壊、人間にできるもんなのかよ。ペリルポイントの野郎の不愉快爆弾だって、ここまでの一点爆破はできねーんじゃねーか……？」

「――その通り、だよ」

飛縁魔は言う。

力を入れず――力を抜かず。

あくまでも普通に。

「大した可能性だ、きみ達は――きみがここにいるということは、戦況は、どういうことになるのかな？　よければ教えて欲しいのだが」

「ああ、あんたの弟子の泥田坊って二丁拳銃野郎なら死んじまったぜ――悪く思うなよ。これはそういうゲームだろ」

「勿論、文句を言うつもりはない」

飛縁魔は頷く。

それは――人識がここにいる時点で、予想できていたことだ。予想できてしまっていたことだ。しかし、となると――

「ところで、一緒にいたあの可愛い女の子はどうした？」

「ん？　ああ、あいつな――あいつは煙々羅って二刀流の奴と戦って……、引き分けなのかな？　相打ちなのかな？　いや、でも勝ちは勝ちか……ともかく、あいつはあんたの弟子をぶっ殺してのリタイアだ。あんたがそうして出夢にやられちまってる以上、これで直木三銃士は全滅ってこったな？」

「…………」

人識の言葉を受け。

泥田坊の死と煙々羅の死と、そして彼が出夢と同じ勘違いをしているらしいことを受け止めて――

「ああ、その通りだね」

と。

飛縁魔は言った。

「およそ、きみは匂宮出夢くんを援護する目的で建物内を探索していたんだろうけれど――無駄足だったね。既に戦闘は終結しているんだよ。あとは匂宮出夢くんが、直さまを殺して終わりだ」

「……ふうん」

人識は頷いた。

信じたか、信じなかったか。

いや、そもそも疑う要素はないはずだ――七人岬は直木三銃士の隠し球、言うならば秘密兵器である。そうそう存在が知れるものではない――

「そっか――じゃあもう、面倒臭いフェイズは終わっちまってるってことだな。そりゃラッキー」

案の定人識は、多少の黙考《もっこう》の後にとは言え、飛縁魔の言葉を鵜呑みにしたようだった。

そして言う。

「となると……えっと、まずあんただな」

「まだ生きてるみたいだけど……俺にはよくわかんねーから、本人であるあんたに訊くんだけど、どうだ？　その傷、助かる方法はあるのか？」

「……ないな。死ぬだけだ」

空気を読まない人識の質問に、飛縁魔は答える。

「覚悟はできているさ――俺もこの世界の住人だ。死を厭《いと》おうという気持ちがそもそもない。弟子もふたり、……ふたりとも、死んだ。俺だけ生き延びようとは思わない」

「ふうん。どいつもこいつも、命を粗末にするよなあ――知らないのか？　命の価値は地球より重いんだぜ？」

どこまで本気なのかわからない、いや十中八九軽口でしかないのだろう言葉を、人識は述べる。

「ま、遺言があるなら聞いてやるよ」

「ないよ。遺すべき言葉は既に語り終えている……逆に、きみに質問してもいいかな？」

「うん？　別にいいけど？」

人識は安請け合いをしたが、しかし飛縁魔のほうには、人識に訊きたいことなど別にない——あくまでもこれは、人識をこの場にとどめ続けるための時間稼ぎだ。

泥田坊の泥臭さ。

煙々羅の煙巻き。

死に際にあたって、彼らを見習うときがきた——負うた子に教えられるとは、まさにこのことだった。

死んだ二人に。

俺は、報いることができるのか。

「じゃあ、まず名前を教えてくれよ。考えてみれば、俺は匂宮出夢くん以外の名前を聞いていない」

「ん？　俺は零崎人識」

あっさり。

人識は名乗った。

『殺し名』序列三位、この世界で最も忌み嫌われる殺人鬼集団に属することを内包する、そんな苗字が冠されたその名前を——名乗った。

「もうひとりは——ああ、でも、あいつの名前とかってバラしていいのかな。身分素性を隠して戦わされてるっぽいし——じゃあまあ、匿名希望子ちゃんってことで」

人識はそんな風に、玉藻のことについては伏せたが、しかし飛縁魔は、そんな人識の言葉を聞いてはいなかった。

零崎人識——零崎一賊。

(なるほど)

(そういうことか——ならば)

ならば、彼とバトルになった泥田坊は負けておいて正解だ——もしもまかり間違って、この顔面刺青の少年に勝ってしまっていたら——恐るべき地獄を経験することになっていただろう。

そう、恐るべき地獄。

二十人目の地獄を——

「……マインドレンデル」

「ん？」

「零崎一賊に属するきみなら——知っているはずだろう、マインドレンデル。零崎双識——あのすさまじい悪鬼《あっき》を」

「……俺の知ってるマインドレンデルは、すさまじい変態なんだが——」

「変態か。確かにそうだ。あれほどの存在は、最早生態系が変種しているとしか思えない——」

ふたりの認識の間には大きな差があったが、しかし人識もあえて訂正しなかったので、飛縁魔はそのまま話を続けることになる。

「——俺は奴と戦ったことがあるよ。『大戦争』の最中にね」

「へえ？　そうなのか？　ふうん——あの変態も俺の知らないところで色々やってんだな。でも、きっとあんたのほうが強いんだろ？」

「強度では俺が上だったかもしれない。しかし、モチベーションが違ったからな——俺が負けたよ。運よく、殺されずには済んだけれど」

まさに運よく——だった。

当時のことは思い出したくもない。

直木飛縁魔がまだ弟子も取らず、だから勿論、直木三銃士などとは名乗っておらず、それに零崎双識も、マインドレンデルとは呼ばれていなかった頃の話である。

「モチベーション？　何言ってんだよ、わけわかんねえ——それとも知らないのか？　零崎一賊の殺しに理由なんかねーんだぜ。理由がないってことは、即ち動機がないってことだ。零崎一賊ほど、モチベーションに縁がない集団は存在しない」

「ないのは殺しの理由だろう？」

飛縁魔は、ふと、自分が今、何のために人識と話していのか、わからなくなってしまった——時間稼ぎ、引き止めのためではなかったか？

それなのに——どうして。

ここまで深い話をする必要があるのか。

「俺が言っているのは、戦う理由だよ」

「…………」

「戦闘そのものに対するモチベーションだ。そのモチベーションが、マインドレンデルよりも強固だというプレイヤーを、俺は今まで見たことがない——」

飛縁魔は。

思い出したくもない『大戦争』当時のことを、それでも思い出しながら——言った。

「——彼は、家族のために戦う」

そう言った。

「彼のモチベーションは、家族そのものだった——それはきっと、マインドレンデルだけではなく、零崎一賊全体に通底する感情なんだろうね？　俺は、それを見て——彼に負けて」


負けて。

それ以来——飛縁魔は。

孤独な一匹狼としてのプレイヤーでしかなかった飛縁魔は——弟子を取るようになった。

泥田坊や煙々羅、七人岬だけではない。

一時期のメイド仮面がそうだったように——数多のプレイヤーを生徒として、惜しみなく、自らの知識と経験を、わけ隔てなくわけ与えたのだ。

飛縁魔がどうして弟子を取るのか、は不思議がっていた。

それは確かに、この世界では例外的なことだった。

その理由を、飛縁魔は考えたこともなかったが、しかし——こうなってしまえば明らかだ。

それはきっと。

「——俺はきっと、彼が羨《うらや》ましかったんだな」

「……羨ましかった？」

人識は、理解できないというように首を傾げた。

しかし余計な疑問は差し挟まない。

ただ、飛縁魔の言葉を聞いている。

「そう……初めて、他人を羨ましいと思った。俺もまた——家族が欲しいと、思ってしまったんだろう。家族でなくとも……仲間や、友達、そんな風に思える人間が、欲しくなったのだろう」

だからか、と飛縁魔は思う。

だから俺は泥田坊や煙々羅に——七人岬に、勝つ方法ではなく、生き残る方法ばかりを、教えてきたのか。

俺は彼らに強くなって欲しかったんじゃない。

生きていて欲しかったんだ。

「そっか——そうなんだ」

言えば言うほどに、飛縁魔は気付いていく。

死の直前に——それらの事実に気付く。

気付いてしまった。

驚きと言うよりも、それは『そうか、そうだったのか』と——酷く、納得いくような心地だった。マインドレンデル——零崎双識のことを思い出さなければ、そんな自分の心理に思い至ることはなかっただろう——つまり。

この顔面刺青の少年の名前さえ、訊かなければ。

彼を引き止めさえしなければ。

「……実はね、零崎人識くん——直木三銃士というのは、四人いるんだ」

「は？」

先ほど、出夢に言ったのとまるで同じことを——この場においては絶対に隠し切らなければならないことを。

唐突に、飛縁魔は言った。

「直木七人岬——俺より強い可能性だよ。匂宮出夢くんは、今、まさにその可能性に追い詰められている——」

人識は最後まで聞きもしなかった。

言い終わるよりも先に、彼は既に駆け出していた——あっという間に廊下の角を折れ、飛縁魔の視界からいなくなる。

ぞっとするほどの判断の速さ。

あるいは、モチベーション――だった。

「……何をやってるんだろうな、俺は――」

敵に塩を送るような真似を。

七人岬の勝率を下げるような真似を。

どうしてそんなことをしてしまったのか――それを最後まで、飛縁魔自身は、自覚することができなかった。

それを考え、答に至るだけの時間は、もう彼には残されていなかった。

時間も。

意識も、残されていない。

それでも。

最後の力を。

最後の力を振り絞って――彼は呟いた。

「一銭の得にもならない、だって？」

飛縁魔は言う。

いや、思っただけかもしれない。

「馬鹿なことを言うな――値千金《あたいせんきん》だったよ、お前達は」

それは、きっと。

遺すべき言葉だった。

「ごめんなあ、泥田坊――煙々羅。お前達のことを守ってやれなくて――ごめんなあ、七人岬。俺を看取るよう――命令してやれなくて」

恥じることなく。

悔いもなく、誇り高く。

戦士として死んでいけるはずだった直木飛縁魔の最期は、しかし、それとはまるで縁遠いものとなった。

とても、恥ずかしく。

後悔に満ちて、誇ることもできない。

戦士の肩書きからは程遠い。

その所有していた力と同様に、酷く控えめで酷く地味な、けれどれっきとした家長として――死んでいったのだった。

多大なる才能に恵まれながらも、結果として送ったのは波乱の人生で、将来的な見地から見ても、後の世にほとんど、その名もその技もその影響も残すことなく、中途退場を余儀なくされた直木飛縁魔――そんな彼を、さほど不幸せではなかったと描写すれば。

それは偽善的になってしまうだろうか。

◆　◆

「――ふん」

酷く、つまらなそうに。

この世の不条理を、およそ最悪と表現されうる全ての出来事を、これまでの人生であますところなく体験してきたかのように、そんな風に嘆息しながら――狐面の男は、出夢の身体を撫で回す。

頰を撫で。

首筋を撫で、鎖骨を撫で。

革のジャケットの内側にも無遠慮にその手を入れて、かすかに膨らむ胸元や、浮き出た肋骨、腰回りを撫で。

反対の手では、出夢の頭部――髪や頰、唇なども、ごく当然のように撫でる。

懇切丁寧な手つきで――美術品にそうするように。

決して乱暴で粗野な風にではなく。

しかしそれでも、傲岸不遜《ごうがんふそん》に。

身じろぎできない匂宮出夢を、物怖《ものお》じもせずに触りまくる。

まさぐる。

いじる。

「――痛っ」

と。

狐面の男の手が脇の下を通って背骨回りに触れたとき、ようやく――出夢は反射的に身をよじった。

よじることができた。

七人岬の攻撃を受けた部位である。

しかし、出夢のわずかな抵抗など大して気にする

風もなく、狐面の男は行為を続けた。小ぶりな尻や大腿部にも触れて——そして彼は、

「なるほどな」

と言った。

「お前が——あれか。匂宮雑技団から派遣されてきた刺客って奴か」

「…………」

どうして、自分は動けないのか。

どうして、自分は逆らえないのか。

自分の肉体を、まるで我が物のように撫で回されておきながら——どうして、目前のふざけたお面野郎をぶち殺してしまえという発想が湧いてこないのか。

出夢はそれが不思議だった。

それこそ、催眠術や幻術で身体及び精神を縛られているというわけでもない——なのにどうして、逆らえない？

まるで。

これじゃぁまるで。

（これじゃあまるで、僕はこの狐面の男と出会うために、この別荘にやってきたみたいじゃないか——！）

「そいつはご苦労さんだったな、お嬢ちゃん」

と言って。

出夢の触り心地を完膚《かんぷ》なきまでに味わって、ようやっと狐面の男は出夢から手を離し、窓際へと戻っていく——そして窓の桟《さん》のところに引っ掛けていた本を手に取って、読書へと戻った。あと数分で読了しそうなページに、狐面の男の指は、引っかかっている。

「……お嬢ちゃん、じゃねえ」

意を決して——出夢は、低い声で言う。

相手が何であれ。

されるがままでいることなど——我慢ならない。

勇気を振り絞って、言った。

「僕は匂宮出夢——男だよ」

「『僕は匂宮出夢——男だよ』。ふん」

しかしそうやって絞《しぼ》り出した出夢の言葉を、馬鹿にするかのように無感動に繰り返して、狐面の男は言う。

「そうは見えんな。悪いが俺には男の身体を堪能する趣味はない」

「二重人格って奴だと思ってくれや——それが一番わかりやすい。僕は『強さ』を担当していて、本筋の人格は『弱さ』を担当する、妹の理澄だ」

「そうか。それは驚いた」

少しも驚いた様子もなく、頷く狐面の男。

ページを繰る手も止まらない。

「あんた——どうして、僕が匂宮雑技団の所属だって知ってる？　直木三銃士でこそなくとも、あんたも玖渚直のボディーガードの一人なのか？　新しく雇った奴、とか——」

理澄の調査にそんな文言はなかったが、しかしもうことがここまで至れば、その調査もあてにならない。いや、しかし『ご苦労さん』という、その言い草は、むしろ——

「むしろ逆だよ、出夢」

傲岸不遜に。

出夢のことを当たり前のように呼び捨てにして、狐面の男は言う。

「むしろ逆——俺は玖渚直のボディーガードなんかじゃねえ。どころか、俺がお前のクライアントなんだよ」

「……あ？」

「匂宮雑技団に玖渚直を殺してくれと依頼したのは、俺だ」

それは、意味としては、犯罪の告白にも似ていた。いや、犯罪の告白そのものだ。

しかし——それにしては、あまりにもあっさり、軽く口にされた言葉だった。

「無論、人を通じてだがな——俺はもう世界の運命から弾かれた存在だから、直接的にかかわることはできない」

「……何言ってんだ？　あんた」

混乱する出夢——本当に、狐面の男が何を言っているのかわからない。言っていることは単純明快なのに、しかし脳が理解することを拒んでいるようだった。

「冗談は大概にしろよ——僕はそんなに気が長いほうじゃねえ。あんたが依頼人だって？」

「そうだ。口の利き方がなってねえぞ。それが依頼人に対する態度かよ——まあ、子供の言うことだしな。許してやるが」

「…………っ」

許す？

この匂宮出夢を？

どんな権限で？

「……あんたに、玖渚機関の直系血族の殺害を依頼する、どんな理由があるってんだ——玖渚直になんか恨みでもあるのか？」

「別に」

ないよ、と。

狐面の男は——本を閉じた。

読むのを中断したのではない。

当たり前のペースで、読了したのだ。

「恨みなんかねえよ——ただな、この本なんだが」

「あ？」

「二世紀ほど前の詩人の詩集なんだ。世界の終わりについて書かれた詩集で——まあしかし、如何せん作者が無名でな。今ではもう、手に入らない。図書館に置かれるような値打ちのある代物《しろもの》でもない——恐らく、日本では玖渚機関所有のこの別荘にしか置いていないだろうな」

「……それが、どうした？」

「いや、理由だよ理由——この本が読みたかったんだ。それには、この別荘にいる玖渚直と直木三銃士がどうしても邪魔でな——だから依頼した」

とてもわかりやすい三段論法だった。

わかりやす過ぎて。

気持ち悪くなるくらいだった。

それだけのこと……たったそれだけのことで？

玖渚機関の直系血族を——殺そうと？

世界が四分の一ほど引っくり返るような、そんな途方もない依頼を——したというのか？

一冊の詩集だかを読みたくて？

いや、玖渚直がたとえ玖渚機関の人間でなくとも、それでも人間の命を、たったそれだけの理由で、ただの障害物のように排除しようとしたのか？

なんだその——比類なきモチベーションは。

そんな発想は、匂宮雑技団はおろか——零崎一賊にさえないだろう。

なんだその——最悪さは。

直木飛縁魔との命を懸けた死闘が——途端、価値を失っていくようだった。

なんだったんだ。

それじゃあ直木飛縁魔はおろか——

僕さえも報われない。


理澄の調査に、この狐面の男が浮上しなかったわけだ——そんな馬鹿げた理由でこんな依頼をしてくるような人間が、前提として、そもそも存在するわけがないのだから。

「何があって懲罰を食らってんのか知らねえが、しかし玖渚直なんざどうせ数年もしないうちに機関に呼び戻されるに決まってんだから、あとしばらく待てばここはもぬけの殻になってたんだろうけどな——俺はどうも、忍耐がなくていかん」

口先では、そんな自省、あるいは自制を思わせるような言葉を吐いてみせる狐面の男。しかしその態度のふてぶてしさは、そんな言葉とはまるで対極にあった。

「しかし、出夢よ。お前が直木三銃士を引きつけ、引っ掻き回してくれたお陰で、難なく侵入できたぜ——望みの詩集も読み終えることができた」

「匂宮雑技団を——陽動に使ったってのか」

それは——かつてない恥辱だった。

つまり最初から、玖渚直を殺すなんて任務が匂宮雑技団に達成できるはずがないと思っていて、それでも直木三銃士を混乱させることくらいはできるだろうから、その隙に建物内に忍び込んで、世界の終わりとかについて書かれた詩集とやらの読解を済ませようとした——そういう計画だったということではないか。

「陽動というわけではないさ。ただ、どちらでもよかっただけだ——お前が任務に成功しようが失敗しようが、そんなのはどちらでも同じことだ」

「…………」

「怒ってんなら謝るぜ——ごめんな」

謝罪の言葉は、それは誠意とは程遠く、それはむしろ、出夢を挑発しているようでもあった。

雰囲気でわかる。

この狐面の男には、強さはない。

派手な強さは勿論、本来外側からはわかるはずもない、静かな強さも所有していないことが、雰囲気でわかる。

この男には。

そういったものが決定的に欠けている。

武道の心得はまるでない。

そもそも、運動そのものが不得手なはずだ。

それなのに——どうして？　どうして、こうもずけずけと、この男は出夢の領域に踏み込んで来られるのだ？

恐怖がないのか？

戦慄がないのか？

何も——ないのか。

「くっくっく」

狐面の男は——つまらなそうに笑う。

「まあ、あたら人の命を粗末にすべきではないからな——目的も果たしたことだし、その依頼は現時刻をもって取り下げるぜ。玖渚直を殺す必要は、もうない」

「…………っ」

それで、と。

出夢は、きつく歯噛みしながら——拳を握る。

否——拳を開く。

一撃必殺の平手——

『一喰い《イーティングワン》』を、今にも繰り出さんとばかりに。

「それで済むと、思うのか——僕に、連中に、あれだけのことをさせておいて——ここまでのことを引き起こしておいて、それで済むと思うのか！」

「だからごめんなって言っただろうがよ——ごめんで済ませてお巡りさんに休暇をあげようぜ」

「ざっけんな！」

そう怒鳴りながら飛び掛ろうと決意する出夢——しかしそんな決意とは裏腹に、足は地面に張り付いたように動かない。

むしろ、出夢の気迫に竦んで動けなくなるはずの狐面の男こそがすんなりと動いて、再び、出夢のほうへと近寄ってきた。

ゆっくりとした足取りで。

出夢を追い詰めるように。

「そう邪険にするなよ——出夢。俺はこれでも、お前に感謝してるつもりなんだからな。そうだ、折角だし、お礼代わりだ。お前が今抱えている悩みの解決策を教えてやるよ」

「か——解決策？」

「人間関係で悩んでいるんだろう？」

狐面の男は言う。

「他人との絆は心地いいが——それが強さの邪魔になるんだろう？」

「…………」

何も話していない。

出夢は狐面の男に、何一つ話していない——そんなつもりもない。こんな怪しげな男に人生相談を持ちかけるほど、出夢は酔狂ではない。

しかし。

狐面の男は、それこそ酔狂のように。

出夢の心中に——踏み込んだ。

顔を寄せて、その耳元で——静かに囁く。

「友達なんか作るから駄目なんだ」

狐面の男は。

断定的に——言った。

「作るべきは敵だ。敵だけだ」

「…………」

「家族でもない。仲間？　違う。恋人——あり得ない。匂宮出夢、お前に必要なのは——敵だ」

体温が下がっていくのを感じる。

鏡を見なくとも、自分の顔色がわかる。

色々と——失われていくと自覚する。

しかし、どうすることもできず。

出夢は——その言葉に流される。

「気に入った相手がいるなら——そいつの大事にしているものを壊せ。そいつが日常だと信じている世界を突き崩せ。自らの存在を相手の魂に刻み込め。友情よりも愛情よりも深い憎悪を、根深い憎悪を、すべてこちらに向けさせろ——それでこそ、本当の絆が生まれるというものだ」

「…………」

「大体、お前みたいな乱暴者に、本当に友達なんてできると思うのか？　向こうは本当はお前のことなんか嫌っている——それなのに仲良しな振りをされているということは、つまり舐められてるってことだ。お前は馬鹿にされてるんだよ。お前なんか——弱い、ってな」

「…………」

歯嚙みしていたはずなのに——それはいつしか、がちがちという、ただの震えに変わっていた。

知ったようなことを。

僕のことなんて何も知らない癖に。

人識のことなんて何も知らない癖に。

そんな反論が。

まるで出てこない。

「さあ、自分が何をすべきかわかっただろう——」

刷《す》り込むように。

言葉を、出夢の脳の最深部に沈め込むように、狐面の男は言った。

「——強さがお前の象徴だと言うのなら、お前は強くあるべきなんだ」

「強く——あるべき」

「友達なんかいらない——いらない」

「作るべきは、敵だ」

「作るべきは——」

敵だ、と。

出夢が頷いたのを見て——狐面の男は出夢の耳元から離れた。そしてそのまま、手にしていた詩集を本棚に戻しに行く。

元あった場所だろう、空いていたスペースに、ぴったりと——埋め込む。

出夢に言葉を埋め込んだように。

「……あ、あんた」

そんな狐面の男の後ろ姿に——そのまま、この部屋から挨拶もなく出て行こうとした後ろ姿に、出夢は何か言おうとしたが、しかし口を衝《つ》いて出たのは、

「その本、持って帰らなくていいのか」

という、至極《しごく》どうでもいい質問だった。

「『その本、持って帰らなくていいのか』。ふん。馬鹿なことを言うなよ、出夢——そんなことをしたら、泥棒じゃないか」

振り向きもせず、狐面の男はそう言って。

「それじゃあ匂宮出夢——縁が『合った』ら、また会おう」

歩調を変えることなく——部屋から出て行った。

「………っ」

それを受けても、出夢は未だ、脱力できない——狐面の男の出て行った方向をどうしようもなく、ただただ見遣《みや》るだけだった。瞬きさえもすることができず、その閉じられた扉を——どうしようもなく、見遣るだけだった。

それだけしか、できなかった。

僕は今、何と遭ったんだ？

そう自問せずにはいられない。

自分よりも強い人間に会ったことはいくらでもある――今回の直木飛縁魔も間違いなくそのうちの一人だろう。憎き『断片集《フラグメント》』にしたって、今のところはそうだと認めている。

それでも。

誰と会ったときでも――ここまでの恐怖を経験したことはなかった。そしてその恐怖が、まるで引いていかない。

ひとつだけわかっているのは――

既に、取り返しがつかないということだ。

あの狐面の男と出会う前の匂宮出夢には。

もう戻れない――

「――出夢っ！」

と。

見つめていた扉が、乱暴に押し開かれた――狐面の男が戻ってきたのではなかった。彼と入れ違いになるようなタイミングで、零崎人識が部屋の中に入ってきたのだ。

何故か学ランを脱いでいて、Tシャツ姿だった。

ここまでに相当あちこち駆け回ってきたらしく、呼吸がかなり乱れていて、完全に肩で息をしている状態だった。

室内を見回すようにして、そして人識は出夢を見つけ――ほっと安心したように、顔を綻《ほころ》ばせた。

「……人識」

「やっと見つけたぜ――どんだけ探させるんだよ、お前は。つーか……、あれ？　直木七人岬って奴はどこだ？」

人識からの質問に、出夢は答えられない――先程までここにいた狐面の男のことを、人識に言うべきだと思うのに、それができない。

口にするのが憚られるほど。

あの男は――最悪だった。

問いかけを無視する形の出夢を怪訝に思ったのか、人識は首を傾げながら、やや早足で出夢の下へと歩んでくる。

「どうした？　何かあったのか？　それとも、どっか怪我したとか――」

「……いや」

怪我ならしている。

背中に受けたダメージには、適切な治療が必要なはずだ。

しかし――そんなことは問題ではない。

今、問題なのは――

「……？　まあ、大丈夫ならいいんだけどよ。ああ、もう知ってるかもしれねーけど、俺と西条が、泥田坊と煙々羅はやっつけたぜ。飛縁魔はお前が倒したんだろう？　で、もうひとり、七人岬って奴がいるって……」

「……もういいんだ」

出夢は言った。

力なく。

「クライアントによって仕事の依頼はキャンセルされた――もう玖渚直を殺す必要はないし、七人岬を相手取る必要はない。だから――もう帰ろう」

「？」

人識は、その出夢らしからぬ態度に――更に首を傾げた。

それはそうだろう、普段通りの出夢なら――人識の知る出夢なら、この状況、仮に依頼がキャンセルされたというのが本当だったとしても、そんなこととは関係なく、玖渚直も直木七人岬も、根こそぎにしてしまおうと、そう言い出すはずなのだから。

「いいのかよ、それ――依頼を達成できなきゃ、お前、処分されちまうんじゃなかったのか？」

「依頼そのものがなくなったんだ、そりゃねえよ。それに、直木飛縁魔自体は倒したんだしな――なんの問題もない」

「そ、そうなのか……？」

「悪かったな、人識。こんな山奥まで連れてきて、結局、尻切れトンボだなんて。もうこんなことしねえからよ——次からは、ちゃんとひとりでやるからよ」

出夢の力ない言葉に。

人識はいよいよ、心配そうにする。

「おい——出夢。お前、やっぱなんかあったんじゃないのか？」

「……何もねえよ。ただ、ちょっと疲れただけだ」

「疲れた？」

「ああ——憑かれた」

狐に、と小さく呟く出夢。

「ん？　なんか言ったか？　よく聞こえなかったけれど——」

「なあ、人識」

出夢は、強引に人識の言葉を遮って。

そして質問した。

「お前、僕のこと、好きか？」

「ああ？」

人識は——

ようやくのこと、いつもの調子で発された、いつもの調子の出夢からの軽口に。

やはりいつもの調子で、答えたのだった。

「何言ってんだ気持ち悪い——お前のことなんざ、大嫌いに決まってんだろうが」

そっか。

と、出夢は短く頷いた。

◆　◆

三角御殿の、地下に隠された一室——

玖渚直は、

「おや」

と、呟いた。

「高貴な私の高貴な命は——どうやら、今回は救われたようですね。どうでもいいですけれど」

そして、ちらりと――脇に立つ人物を窺う。

直木七人岬。

玖渚直が直々《じきじき》に雇った、直木三銃士の生き残り――最後のひとり。

「しかし、あなたの仲間は皆さん、殺されてしまったようで。ご愁傷様と申し上げます」

七人岬は、

「…………」

と。

答えなかった。

しかし、無口だからと言って、決して何も感じていないわけではない――飛縁魔が心配していたように、七人岬は自主性に欠けるところがあるのだ。飛縁魔の許可なくして、自分が直の質問に答えていいものかどうか――

彼には、それがわからないのである。

そんなことさえ、彼にはわからないのだ。

「……まあ、それが仕事とは言え」

返事がないことを受けて、ひとり、話を進める玖渚直。

「高貴な私が高貴な責任を感じないわけにはいかないのも、事実です――どうですか？　あなたのことは、これからは高貴な私が面倒を見るというのは。ここに軟禁されている間だけでなく、高貴な私が機関に戻ってからも――高貴な私の高貴な側近を務める、というのは。我ながら、なかなか悪くない提案だと思いますよ。飛縁魔さんも――きっとそれを、望んでおられるでしょう」

七人岬は答えなかった。

しかし――静かに、

「…………」

と。

頷いた。

玖渚直のそばを離れないこと。

それが、飛縁魔から出された最後の指示だからだ。

「ふむ――では、七人岬さん。あなたには、とりあえずは玖渚機関には存在しない、飛ばされし柒の名に属してもらうことにしましょう。今後、あなたの名前はこの世界に存在するどんな名簿にも記載されることはありません——たとえ世界に登場人物表があったとしても、あなたの名前だけはそこから抜け落ちている。高貴な私は高貴な約束をもってして、あなたの欲するところをすべて満たしますが——しかし名声欲だけは、二度と満たされることはないと、そう心得てください」

　玖渚直殺害未遂事件は、こうして——玖渚機関直系血族、玖渚直と、直木三銃士の生き残りにして、ともすれば将来、人類最強に匹敵できたかもしれない直木飛縁魔の最後の弟子、直木七人岬の結託をもって、閉幕した。

　この時点より五年先、玖渚直は二十代の若さにして玖渚機関の長にまで上り詰めることになるのだが、その出世の影には側近としての直木七人岬の深い貢献があったことは言うまでもない。人類最悪の遊び人・狐面の男のほんの気まぐれのような依頼から理不尽に命を狙われたことさえも、結局は大した危機もないままに、結果としては自らの利益として吸収してしまう——それが玖渚直という男である。

　まあしかし、それはまだまだ先のことであり、とりあえず本日のところは、玖渚直はただ一言、

「うにっ♪」

と。

　柔らかに微笑むだけなのであった。

最終章

「おしまい」

◆　　◆

脇腹に受けた銃創《じゅうそう》は、幸い、市井遊馬の治療（というにはやや乱暴な処置ではあったが）がよかったらしく、化膿することもなく、どころか本当に傷痕さえ残らない調子で、玖渚山脈を降りてから三日後には、零崎人識は汀目俊希として、予備の学ランを着用し、籍を置いている中学校へと登校することができた。

一応、念のためということで安静にしていたその期間に、人識は兄——マインドレンデル・零崎双識に連絡を取った。双識のほうから人識に対して連絡を取ってくることはあっても、人識のほうから双識に対して連絡を取るということは滅多にないので、兄の驚いた反応が新鮮ではあったが、それはともかく。

訊きたかったのは直木飛縁魔のことである。

銃弾を受けたことは絶対に知られたくない、人識は、自分が直木三銃士と試合ったことはあくまでもおくびにも出さず、なるだけさりげなく——は、ならなかったろうが、とにかく、あの静かな強さを持つ男について、質問した。

「『鬼籍《きせき》に入《い》る』という言葉があるだろう？」

双識は、まず、そんなことを言った。

「まあ、これは『死ぬ』ということの遠回しな表現なんだけれど、けれどこれは零崎一賊にとっては使用の機会のない言葉だ——そもそも一賊の人間は生きながらにして殺人鬼、つまりは鬼なのだから」

「いや——そんなことはどうでもいいんだけど」

関係のない話をされて、軽くイラッときた人識。

こいつ、本当は飛縁魔のことなんて知らないんじゃないのか、やっぱり人違いじゃないのか、と思ったが、しかし続けて、

「彼の場合は、生きながらにしてお化けの名前を背負っていた」

と、双識は言った。

「直木飛縁魔——憶えているよ。お化けであり、そして何より『魔』であろうとした拳士だ。……ただしそのためには、ちょっと彼はいい奴過ぎたね。だからこそ勝てた」

「……シームレスバイアスの大将が、いつか鉄仮面のメイドに殴られ負けたつってたろ？　そいつの師匠だったらしいぜ」

「ふうん？　へえ——そういうこともあるか。まあ——お化けであり、『魔』であろうとする以前に、彼は『縁』を求める者でもあったからね。そもそも戦うことになったのもそのあたりが理由だ。懐かしいな——うん、苦戦だったよ。今ならもう勝てないだろうな」

「そりゃあんたがわけのわからん大鋏とかを武器にして自分の強さをデチューンしちまったからだろ」

「そうかもね——彼とバトルしたのは、『自殺志願《マインドレンデル》』を持ち、そう呼ばれる前だったからね」

「いいから俺に寄越せよ、あれ」

「なんだ、わけのわからん大鋏とか言って、人識くんも欲しがってるんじゃないか」

うふふ、と笑って。

そして双識は言った。

「もしも彼——直木飛縁魔が今また敗北するとしたら、しかし、そのあたりが理由になるんだろうな——『縁』を求める彼は『縁』によって敗北する。つまり」

「つまり？」

「つまり、彼は幸福な男というわけさ」

人識は——そんな会話を思い出しながら、重ねて思う。

直木飛縁魔。

看取りこそしなかったが——そしてその後、確認もしなかったが、あれだけの負傷だ、間違いなく死んだだろう。

鬼籍に入ったろう。

そう思う――そして、そのこと自体については、何も思わない。

思うべきではないのだ。

だけど。

「どうもすっきりしねえ話ではあったよな――しかし。出夢は結局、何も教えてくれねーし」

振り回された感は否めない。

いや、出夢に振り回されるのはいつものことなのだが、それとはまた違う次元で――やはり、玖渚機関になど手を出すべきではないのだろう。大体、人識は玖渚直があんな風に謹慎していた理由さえも、結局、知らずに終わったのだ。それほどに――他人《ひと》事《ごと》でしかなかったということである。

まあ、切り替えていこう。

そう呟いて――人識は、中学校の門をくぐる。

その瞬間、

『ぞっ』

と、背筋に走るものがあった。


しかし、その正体はわからない――確実なのは、今の感覚は汀目俊希のものではなく、零崎人識のものであるということだった。

つまり――殺気だ。

殺気を気取ったのだ。

「…………？」

怪訝に思いながら、人識は、とりあえず校舎内に入る――一歩一歩、進めば進むほどに、嫌な感じは増してくる。階段や廊下、そういった場所はまるでいつも通りなのに――それなのに、教室に近付けば近付くほどに――足取りが重くなる。

そしてそれは。

身に憶えがある殺気だった。

いや――むしろ逆だ。

考えてみれば――あいつから殺気を向けられたことなど、本当の意味では一度もない――！

今までの殺気など、所詮は言葉通り、『遊び』でしかなかったのだ――教室に辿り着き、扉を開けると。

室内は——血の海だった。

肉の海だった。

汀目俊希として、椅子を並べて三年間、共に学んできたクラスメイト達が——虐殺されていた。

虐殺され。

虐殺され。

虐殺されていた。

そして教室の中心の、机の上。

ひとりだけ床面に臥《ふ》さず、あぐらで座っている、長髪の誰かがいた——その誰かは学校指定のセーラー服を着ていて、そのセーラー服は、血まみれで、肉まみれで。

そのセーラー服から伸びる腕は、異様なまでに長くて。

そして——その異様なまでに長い腕で、人間の頭を抱いていた。

それは、このクラスの委員長。

榛名春香の頭だった。

「よお——人識」

セーラー服の女は——言うまでもなく。

見るまでもなく、匂宮出夢だった。

「……出夢」

「ぎゃはは——初めて」

出夢は笑う。

狂乱の目で——狂乱の表情で。

人識を見て、愉快そうに笑う。

「初めて、仕事でもなく、遊びでもなく、人を殺したぜ——僕」

「……何の真似だ」

状況が理解できず——人識は、ただ訊いてしまう。

教室内に入って。

後ろ手で、扉を閉める。

「どうして——こんなことをした」

クラスメイト達の身体は、飛縁魔のように、あちこちがえぐれていた——地雷でもぶつけられたかのように。

人識は、それほどクラスに馴染んでいたわけではない——確実に浮いていた。しかし、だからと言って——

だからと言って。

「ぎゃは——しかし、一般人ってのは脆いもんだよな。軽く撫でただけでこんな有様だ——でも、ほら、見てみろよ。幸せそうな顔——してんじゃゃねえか」

抱えた榛名春香の頬を撫で——

出夢は言う。

そんな出夢に、人識は繰り返し、

「答えろ！　どうしてこんなことをした！」

と、怒鳴りつける。

「どうしてこんなことをした？　わかんねーのか？　ぎゃはは——わかんねーのか、零崎人識。ぎゃは、ぎゃはは、わかんねーのか、ぎゃははは——」

対して出夢は——ひとしきり、笑い続け。

そして、

「わっかんねーのかよ！」

と。

突然、怒号《どごう》をあげて——手にしていた、委員長、榛名春香の頭を床に叩きつけた。通常の強度しか持たないその一般人の頭部は、他愛もなく、西瓜のように砕ける。

血と脳漿《のうしょう》が、更に教室を赤く染めた。

「僕は殺し屋なんだよ——匂宮出夢なんだよ！　僕にビビれよ、僕に恐怖しろよ！　舐めてんじゃねえよ——見下してんじゃねえよ！　僕は——僕なんだよ！　他の誰でもねえ！　友達なんかいらねえんだ——勘違いしてんじゃねえ！　僕の、こ、こ、こ、こと、い、い、い、いてんじゃねえよ！　僕の感情なんか拒否しろや！　そんなこともできねーから、こーゆーことになるんだ！　見損なうな——見縊《みくび》るな！　僕はそもそも、こーゆーことして喜ぶ人間なんだよ！」

「…………」

狂ったように叫ぶ出夢に――人識は答えられない。

息を呑む。

「誰にも媚びない、誰にも靡《なび》かない、己の異能を頼りに生きる！　無関係でも関係なく無抵抗でも抵抗なく没交渉でも交渉なく、貪《むさぼ》るように喰らい尽くす――『人喰い《マンイーター》』の出夢だ！」

ぎゃははーと、出夢は、更に笑う。

あたかも、そうしていないと――精神が保てないと言うように。

「お前だってそうだろうがよ――人識！　お前だって本当は、殺すしか能のねえ、ただの殺人鬼だろうがよ――それがなんで、まるでフツーの奴みてーに真面目にガッコなんか通っちゃってるんだぁ!?　二重人格でもねえ癖に二重生活なんざ――ずるいだろうがよ！　なんでお前だけ！　ずるいだろうがよ！」

出夢は苛立ちを隠そうともせず――付近の机を蹴飛ばした。蹴飛ばされた机は、倒れているクラスメイトを直撃する。

クラスメイトはぴくりともしない。

死んでいる。

他の全員と同じように。

「『どうしてこんなことを』だと？　お前がむかつくからに決まってんだろうが――お前の大事なもん、ぶっ壊してやりたかったんだよ！　それだけだ！　僕と理澄がどんな思いで生きてるか、考えたことがあるか!?　僕はなあ、僕は、僕は、僕は、僕は、僕は、僕は、僕は、僕は、僕はなあ！　強くなきゃいけねえんだよ！　誰よりも！　誰よりもだ！　この僕が弱くなるなんて――あっちゃならないことなんだ！」

言っていることは――既に、支離滅裂だった。人識には、もう、出夢の言葉の意味が理解不能である。それでも――たったひとつ。

ひとつだけ、わかったことはある。

零崎人識と匂宮出夢。

これまでの、半年近くの付き合いのうちで築いてきた殺人鬼と殺し屋の関係——絆は、今、完全に断ち切れたということだ。

共犯者。

家族みたいなものだ。

市井遊馬からの質問に、人識はそう答えた。

零崎一賊の中でさえ双識以外を決して家族とは思っていない、人識の言葉としては異端のそれだが——しかし、それは決して、嘘ではなかった。

その場しのぎの戯言《ざれごと》ではなかったはずなのだ。

振り回されて。

つきまとわれて。

はた迷惑で、鬱陶しくて、困り者で。

それでも——決して、逃げようとも避けようとも思っていなかった。

だけど、そんな気持ちも——切れた。

否、切れたのではない。

切られたのだ。


一方的に——拒否された。

そして。

切れた絆に代わり——新たな絆が結ばれる。

新たな関係が築かれる。

どうしてこんなことになったのか人識にはさっぱりわからないが、しかしそれを、今更訊く気にはならない。出夢が何を言っているのかもわからない。

だけど。

「匂宮出夢——もういいよ」

人識は言う。

静かに——しかし、激しく言う。

「もう、どうでもいい——それ以上喋るな」

「あん？」

「出夢。俺には他人の気持ちが痛いほどわからねえ……それが悩みでもあった。けどな、今、お前の気持ちだけは、伝わったぜ。そして俺は生まれて初めて——本気で怒った。だからお前を」

ざ、と。

人識は一歩を踏み出す。

学ランの袖から——ナイフを取り出して。

「殺して解して並べて揃えて晒して刻んで炒めて千切って潰して引き伸ばして刺して抉《えぐ》って剝がして断《だん》じて刳り貫《ぬ》いて壊して歪めて縊《くび》って曲げて転がして沈めて縛って犯して喰らって辱《はずかし》めてやんよ」

「…………」

「俺にできること——全部してやる」

「ぎゃ、は——」

それを聞いて——出夢は嬉しそうな顔をした。

ナイフの切っ先を向けられて、本当に。

本当に——心の底から嬉しそうな顔をした。

「全部ってことは——愛してもくれんだよな？」

「もちのろんだ」

その返答を受けて、匂宮出夢は。

人識に向けて——異様に長い両腕を伸ばし。

まるで抱擁するかのように、飛び掛った。

それに対応するように——人識は全霊で叫ぶ。

「愛してんぜ、アホが！」

「こっちの台詞だ、ボケ！」

二人は、それまで溜め込んでいたものを全て吐き出すかのように——きっと本来は、もっと別の形で成立するはずだったものを、思いのたけを、想いの欠片《かけら》を、全て吐き出し弔《とむら》うかのように、けれども、それゆえに一片の悔いもなく。

情熱的に、ただ情熱的に、ひたすらに情熱的に、あくまでも情熱的に、一心に情熱的に、狂おしく情熱的に、酷く情熱的に、滾《たぎ》るほど情熱的に、とめどなく情熱的に。

殺し合った。

◆　◆

結局。

零崎人識は、このことが原因で、何とか卒業こそできたものの、進学する予定だった高校に行くことはできなくなった。人識自身は強く進学を望んだが、さすがのマインドレンデルでも、庇い切れる騒ぎではなかったのだ。よってつまり、人識は一般人としての記号、汀目俊希の名前を使うことはこの先なくなって、そして放浪する殺人鬼——零崎人識の誕生である。

最初は敵だった。

途中、色々あって。

友達のようであって。

恋人のようであって。

一瞬だけ、家族のようでさえあって。

そして最後は——敵だった。

もしも匂宮出夢との関係を訊かれたならば、きっと人識は、そんな風に答えるだろう。あるいは、面倒臭そうに口ごもって、曖昧《あいまい》に誤魔化すかもしれない。

実際、この後も数年間に亘って、何度も何度も繰り返し絶え間なく殺し合うことになる彼らを、総合的には敵対関係以外の何と見做《みな》せばいいというのか
——しかし。

その関係はとても強固で、とても崩しようがなく。

その絆は、永遠に続いた。

萩原子荻が仕掛けた零崎一賊に対する『小さな戦争』が、とりあえずの終結を見るそのときを最後に、彼らは決定的に決別し、その後、二度と会うことはないのだが——それでも、その絆だけは、永遠。

匂宮出夢。

殺戮奇術集団匂宮雑技団が団員No.18、第十三期イクスパーラメントの功罪の仔《バイプロダクト》、『人喰い《マンイーター》』の出夢。

かの殺し屋が、仕事のためでもなく、遊びのためでもなく、ただ恋のためだけに人を殺したのは——これが最初で最後のことである。


(匂宮出夢——敵対関係)

(関係継続)

アトガキ——

何かを成し遂げた人や卓越した実力を持つ人のことを表現するときに『オーラがある』という言い方が選ばれがちですけれど、しかしこのオーラという言葉は実に曖昧でぼやけていて、よくわからないものだったりします。そんなものは見る側の先入観というか思い込みの問題じゃないのだろうか、とか感じてしまいます。すげー奴のすごさというのは結局のところ結果でしか示せるものじゃなく、そして結果とはその本人と切り離されたところでしか示されないものなのだから、人間そのものから何らかの異様な波動が発されるなんて現象は起こるはずがない、とか。まあ多分、自信たっぷりな表情だったり、着ている服のいかにもさだったり、周りの人間に対する態度だったりを総合したかもし出す雰囲気を言い換えて『オーラ』って言ってるだけだと思うので、その辺四の五の分析する必要はないと思われますが。

参考までに本書の作者である西尾維新は、『すげー奴がすごいのは当たり前』とか考えていて、それが書いている小説にも気持ち悪いくらいよく現れています。だからと言って『弱い奴が努力してすごくなるのが素晴らしい』なんて前向きなことを思っているはずもなく、じゃあどういう信念の下で小説を書いているのかと言えばこれは単純で、『すごいとかすごくないとか、成し遂げたとか成し遂げてないとか、強いとか弱いとかは、個人《キャラクター》や現象《ストーリー》を表現する無数の情報の中の一個に過ぎない』という信念です。要するに、その人が結果を出したということは血液型や出身地と同じ並びに並べておくべきことで、その出来事がどれほどの意味を持つかということはいつどこで起きたかと同じ並びに並べておくべきことで、すごさや強さを特別扱いするべきじゃないということです。そんなものを信念と呼んでいいのかどうかと思いますし、なんだかこの考え方には、よくわからないけれど『偉大さ』に対する敬意が決定的に欠如しているような気もするんですけれど、でもまあ僕はそういう人間で、この本はそういう人間が書いた小説なのでしたとさ。

そんな本書『零崎人識の人間関係　匂宮出夢との関係』は、殺人鬼・零崎人識の物語で、同時に人間シリーズの最終巻です。同じ零崎人識を主人公とした三つの物語と四冊同時発売となっておりますが、この本が最終巻です。と、四冊全部に書かれています。ちなみにこの本を最終巻として読むときの読み方は『戯言』↓『伊織』↓『双識』↓『出夢』ですな。まあ色々試してみてください。人識といちゃつく出夢くんがいっぱい書けて楽しかったです。イエー。

シリーズ完結ということもありまして、また四冊同時発売ということもありまして本四部作の製作にはいつも以上の労力が必要とされたようです。イラストレーターの竹さん、講談社文芸図書第三出版部の安藤茜さま、本当にありがとうございました。『零崎双識の人間試験』から始まり、『零崎軋識の人間ノック』『零崎曲識の人間人間』と、足掛け九年連なった人間シリーズ、これにてひとまず完結でございます。

またどこかでお会いしましょう。

西尾維新

〈初出〉　小説現代増刊「メフィスト」二〇〇八年九月号

N.D.C.913　186p　18cm

零崎《ぜろざき》人識《ひとしき》の人間《にんげん》関係《かんけい》　匂宮《におうのみや》出夢《いずむ》との関係《かんけい》

二〇一〇年三月二十五日　第一刷発行

定価はカバーに表示してあります

KODANSHA NOVELS

著者—西尾維新《にしおいしん》　© NISIO ISIN 2010 Printed in Japan

発行者—鈴木　哲

発行所—株式会社講談社

東京都文京区音羽二・一二・二一

郵便番号一一二・八〇〇一

編集部〇三-五三九五-三五〇六
販売部〇三-五三九五-五八一七
業務部〇三-五三九五-三六一五

本文データ制作—講談社文芸局DTPルーム

印刷所—凸版印刷株式会社　製本所—株式会社若林製本工場

ISBN978-4-06-182679-3

KODANSHA NOVELS 講談社ノベルス

至高の本格推理
奇蹟審問官アーサー　柄刀　一

奇蹟と対峙する至高の本格推理！
奇蹟審問官アーサー　死蝶天国《バグズ・ヘブン》　柄刀　一

講談社ノベルス25周年記念復刊！
急行エトロフ殺人事件　辻　真先

第31回メフィスト賞受賞！
冷たい校舎の時は止まる（上）　辻村深月

第31回メフィスト賞受賞！
冷たい校舎の時は止まる（中）　辻村深月

第31回メフィスト賞受賞！
冷たい校舎の時は止まる（下）　辻村深月

各界待望の長編傑作!!
子どもたちは夜と遊ぶ（上）　辻村深月

各界待望の長編傑作!!
子どもたちは夜と遊ぶ（下）　辻村深月

家族の絆を描く〝少し不思議〟な物語
凍りのくじら　辻村深月

切なく揺れる、小さな恋の物語
ぼくのメジャースプーン　辻村深月

新たなる青春群像の傑作
スロウハイツの神様（上）　辻村深月

新たなる青春群像の傑作
スロウハイツの神様（下）　辻村深月

チヨダ・コーキ、鮮烈なデビュー作！
V．T．R．　辻村深月

講談社ノベルス25周年記念復刊！
新　顎十郎捕物帳　都筑道夫

血の衝撃！
芙路魅　Fujimi　積木鏡介

至芸の時刻表トリック
水戸の偽証　三島着10時31分の死者　津村秀介

講談社ノベルス25周年記念復刊！
火の接吻《キス・オブ・ファイア》　戸川昌子

ミステリ界の鬼才、ノベルス初登場!!
人事系シンジケート　T-REX失踪　鳥飼否宇

一撃必読！　格闘ロマンの傑作！
牙の領域　フルコンタクト・ゲーム　中島　望

21世紀に放たれた70年代ヒーロー！
十四歳、ルシフェル　中島　望

人造人間〝ルシフェル〟シリーズ
地獄変　中島　望

著者初のミステリー
クラムボン殺し　中島　望

こどもたちに忍び寄る恐怖の事件!!
一角獣幻想《ユニコーンナイトメア》　中島　望

講談社ノベルス25周年記念復刊！
消失！　中西智明

霊感探偵登場！
九頭龍神社殺人事件　天使の代理人　中村うさぎ

これぞ〝新伝綺〟！
空《から》の境界（上）　奈須きのこ

これぞ〝新伝綺〟！
空の境界（下）　奈須きのこ

妖気漂う新本格推理の傑作
地獄の奇術師　二《に》階《かい》堂《どう》黎《れい》人《と》

人智を超えた新探偵小説
聖アウスラ修道院の惨劇　二階堂黎人

著者初の中短篇傑作選
ユリ迷宮　二階堂黎人

KODANSHA NOVELS 講談社ノベルス

会心の推理傑作集！
バラ迷宮 二階堂蘭子推理集 二階堂黎人

恐怖が氷結する書下ろし新本格推理
人狼城の恐怖 第一部ドイツ編 二階堂黎人

蘭子シリーズ最大長編
人狼城の恐怖 第二部フランス編 二階堂黎人

悪魔的史上最大のミステリ
人狼城の恐怖 第三部探偵編 二階堂黎人

世界最長の本格推理小説
人狼城の恐怖 第四部完結編 二階堂黎人

新本格作品集
名探偵の肖像 二階堂黎人

正調「怪人 対 名探偵」
悪魔のラビリンス 二階堂黎人

世紀の大犯罪者VS.美貌の女探偵！
魔術王事件 二階堂黎人

魔獣vs.名探偵！
双面獣事件 二階堂黎人

宇宙を舞台にした壮大な本格ミステリー
聖域の殺戮 二階堂黎人

合作ミステリー
レクイエム 私立探偵・桐山真紀子 二階堂黎人 千澤のり子

第23回メフィスト賞受賞作
クビキリサイクル 西尾維新

新青春エンタの傑作
クビシメロマンチスト 西尾維新

維新を読まずに何を読む！
クビツリハイスクール 西尾維新

〈戯言シリーズ〉最大傑作
サイコロジカル(上) 西尾維新

〈戯言シリーズ〉最大傑作
サイコロジカル(下) 西尾維新

白熱の新青春エンタ！
ヒトクイマジカル 西尾維新

大人気〈戯言シリーズ〉クライマックス！
ネコソギラジカル(上) 十三階段 西尾維新

大人気〈戯言シリーズ〉クライマックス！
ネコソギラジカル(中) 赤き征裁VS.橙なる種 西尾維新

大人気〈戯言シリーズ〉クライマックス！
ネコソギラジカル(下) 青色サヴァンと戯言遣い 西尾維新

JDCトリビュート第一弾
ダブルダウン勘繰郎《かんぐろう》 西尾維新

JDCトリビュート第二弾
トリプルプレイ助悪郎《スケアクロウ》 西尾維新

維新、全開！
きみとぼくの壊れた世界 西尾維新

維新、全開！
不気味で素朴な囲われた世界 西尾維新

維新、全開！
きみとぼくが壊した世界 西尾維新

維新、全開！
不気味で素朴な囲われたきみとぼくの壊れた世界 西尾維新

新青春エンタの最前線がここにある！
零崎双識の人間試験 西尾維新

新青春エンタの最前線がここにある！
零崎軋識の人間ノック 西尾維新

新青春エンタの最前線がここにある！
零崎曲識の人間人間 西尾維新

新青春エンタの最前線がここにある！
零崎人識の人間関係 匂宮出夢との関係 西尾維新

新青春エンタの最前線がここにある！
零崎人識の人間関係　無桐伊織との関係　西尾維新

新青春エンタの最前線がここにある！
零崎人識の人間関係　零崎双識との関係　西尾維新

新青春エンタの最前線がここにある！
零崎人識の人間関係　戯言遣いとの関係　西尾維新

魔法は、もうはじまっている！
新本格魔法少女りすか　西尾維新

魔法は、もうはじまっている！
新本格魔法少女りすか２　西尾維新

魔法は、もうはじまっている！
新本格魔法少女りすか３　西尾維新

最早只事デハナイ想像力ノ奔流！
ニンギョウがニンギョウ　西尾維新

西尾維新が辞典を書き下ろし！
ザレゴトディクショナル　戯言シリーズ用語辞典　西尾維新

神麻嗣子の超能力事件簿
念力密室！　西澤保彦

神麻嗣子の超能力事件簿
夢幻巡礼　西澤保彦

神麻嗣子の超能力事件簿
転・送・密・室　西澤保彦

神麻嗣子の超能力事件簿
人形幻戯　西澤保彦

神麻嗣子の超能力事件簿
生贄《いけにえ》を抱く夜《よ》　西澤保彦

神麻嗣子の超能力事件簿
ソフトタッチ・オペレーション　西澤保彦

書下ろし長編
ファンタズム　西澤保彦

著者初の非ミステリ短編集
マリオネット・エンジン　西澤保彦

大長編レジェンド・ミステリー
十津川警部　愛と死の伝説（上）　西村京太郎

大長編レジェンド・ミステリー
十津川警部　愛と死の伝説（下）　西村京太郎

京太郎ロマンの精髄
竹久夢二　殺人の記　西村京太郎

旅情ミステリー最高潮
十津川警部　帰郷・会津若松　西村京太郎

時を超えた京太郎ロマン
十津川警部　姫路・千姫殺人事件　西村京太郎

西村京太郎初期傑作選Ⅰ
太陽と砂　西村京太郎

西村京太郎初期傑作選Ⅱ
午後の脅迫者　西村京太郎

西村京太郎初期傑作選Ⅲ
おれたちはブルースしか歌わない　西村京太郎

超人気シリーズ
十津川警部「荒城の月」殺人事件　西村京太郎

超人気シリーズ
十津川警部「悪夢」通勤快速の罠　西村京太郎

超人気シリーズ
十津川警部　五稜郭殺人事件　西村京太郎

超人気シリーズ
十津川警部　湖北の幻想　西村京太郎

超人気シリーズ
十津川警部　幻想の信州上田　西村京太郎

超人気シリーズ
十津川警部　金沢・絢爛《けんらん》たる殺人　西村京太郎